KB079733

짝 이룬 남녀는 서로 사랑한다.
당연하다. 짝 이룬 남녀는 서로
미워하게 된다. 그럴 법하다.
짝 이룬 남녀는 서로를 파괴할 수 있다.
이는 아주 드물고 우발적이다.
또 짝 이룬 남녀는 영원히 서로에게
토라질 수 있다. 개 한 마리나 심리 분석가가
이들의 고약한 성격을 누그러뜨려 준다 해도 말이다.

swiss arts council
prshelvetia

The translation of this book was supported by a grant from Pro Helvetia, the Swiss Arts Council.
이 책은 스위스 예술원으로부터 제작비의 일부를 지원받았습니다.

이 책은 실로 꿰매어 제본하는 정통적인 사철 방식으로 만들어졌습니다.
사철 방식으로 제본된 책은 오랫동안 보관해도 손상되지 않습니다.

짝 이룬 남녀는 서로 사랑한다.
당연하다. 짝 이룬 남녀는 서로
미워하게 된다. 그럴 법하다.
짝 이룬 남녀는 서로를 파괴할 수 있다.
이는 아주 드물고 우발적이다.
또 짝 이룬 남녀는 영원히 서로에게
토라질 수 있다. 개 한 마리나 심리 분석가가
이들의 고약한 성격을 누그러뜨려 준다 해도 말이다.

부조리한 커플, 프레데릭 파작과 레아 룬트가 쓰고 그린 짧은 독백들

정혜용 옮김

MIMESIS

우리의 어머니들에게

남녀 한 쌍이 지나간다

혼자서 행복을 맛본다면 그 행복은 결코 완전하지 않다.

카사노바Casanova
『카로 미오 돈 자코모Caro mio don Giacomo』

레아 룬트와 내가 함께 산 지 거의 25년이 되어 간다. 함께 여행을 다니다가 같은 장소를 그리는 일이 종종 있었지만, 같은 시선으로 바라본 적은 결코 없었다. 시간이 흘러감에 따라 레아가 그린 그림들이 내게는 제2의 천성처럼 되었다. 악기 연주자가 가수를 위해 반주하듯, 레아의 그림을 위해 반주하고 싶었다. 레아에게 그녀가 그린 그림 옆에 우리에 관해, 우리 부부의 삶에 관해 내키는 대로 글을 쓰겠다고 제안했다. 레아라고 해서 그 제안에 대해 나보다 더 별다른 생각이 있었던 건 아니다. 무엇보다도, 그 책을 〈남녀 한 쌍이 지나간다〉로 부르겠다고 제시하자 레아는 이렇게 받아쳤다.

〈남녀 한 쌍이 지쳐 간다.〉

이것 하나는 확실하다. 그런 남녀 관계는 모두 수수께끼이며, 부서지기 쉽다는 것. 사랑은 증오와 섞이고, 애정은 권태와 섞이니 세상만큼이나 오래된 사랑의 약속이란 것은 희극인 동시에 비극이다. 아무런 규칙도 정해져 있지 않은 이 책에서는, 이미지와 문장이 섞이고, 때로 우리끼리 나눴던 이야기가 솟아오를 수도 있다.

우리는 서로 사랑한다. 〈부부다운〉 사랑으로. 20년도 더 된 사랑으로.
우리는 서로 변함없는 사랑을 서약했다. 서약은 위반하는 법. 우리에게
남은 것은 충실성이다. 우리는 상대에게 기대어, 상대의 품에서 살고 있다.
우리는 육체적으로도 감정적으로도 서로에게 싫증이 났다. 우리는 서로에게
녹아든, 이 표현에 담긴 그 모든 우미함과 속박까지 포함하여, 서로에게
녹아든 부부가 되었다. 우리는 서로에게 질투를 느끼고 다른 사람들에
대해 질투를 느낀다. 모든 남자가 그녀를 향한 유혹이고 모든 여자가 내게
그렇다. 바로 이 점이 질투의 위대함과 쩨쩨함을 만들어 낸다.

「유혹의 무력한 분노」 중 레진

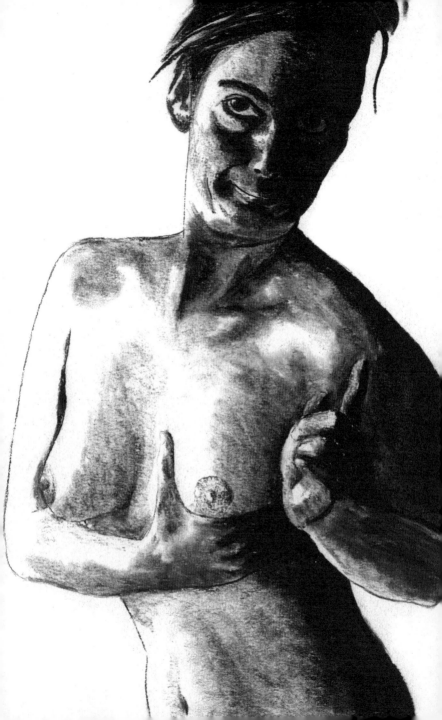

「유혹의 무력한 분노」 중 레진

우리는 이제 상대방을 유혹하지 않는다. 서로를 너무 잘 알고 있으니까.
그렇지만, 〈그렇지만〉. 삶은 서로를 들러붙게 한다. 우리는 늘, 결별이
우리를 넘보는 그곳, 우리 사랑의 가녘에서 산다. 우리 안에 존재했던
낭만적인 그 모든 것이 절름거린다. 모든 순진함은 이미 오래전에 스러졌다.
하지만 우리는 서로 사랑한다.

「유혹의 무력한 분노」 중 레진

우리는 서로를 저버린다. 그렇다. 우리는 서로를 그리워한다. 함께 있을 때조차. 그러니까 늘. 아니, 거의 늘. 우린 함께 있는 시간이 지나치게 길다. 더는 서로를 견디지 못한다. 서로에게서 멀어지자마자 함께 존재함을 확인하려고 서로에게 전화를 건다. 우리의 사랑은 마음의 병이고, 어떤 사랑인들 그렇지 않을까?

자화상

「유혹의 무력한 분노」 중 레진

우리는 이미 유혹과는 한참 멀어져 있다. 게다가, 우리는 늙어 간다. 우리는 오만 자잘한 병으로 힘들어한다. 우리는 죽는 게 두렵다. 우리는 각자 상대방의 죽음을 두려워한다.

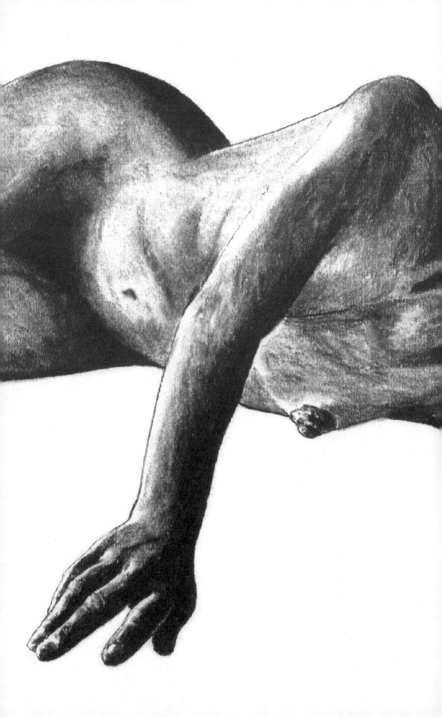

누가 먼저 죽을까?

결혼식을 올리며 우리가 꾸릴 가정만큼이나 갑작스러울 수도, 아닐 수도 있을 우리의 소멸에 대해 생각했다.

앵무새와 재주꾼

뮈자디외가 베르탱의 말을 가로막았다.

「미안한데, 너무 심하시네! 그리 능란하게 사교계를 조롱해 대면서,

본인 스스로는 그런 사교계를 소홀히 하는 것 같지는 않아 보이는데요.」

베르탱이 미소를 지었다.

「저야 사교계를 좋아하지요.」

「그렇다면?」

「제 자신을 수상쩍은 혈통이 섞인 혼혈인양 살짝 경멸한다고나 할까요.」

기 드 모파상Guy de Maupassant

『죽음처럼 강한Fort comme la mort』

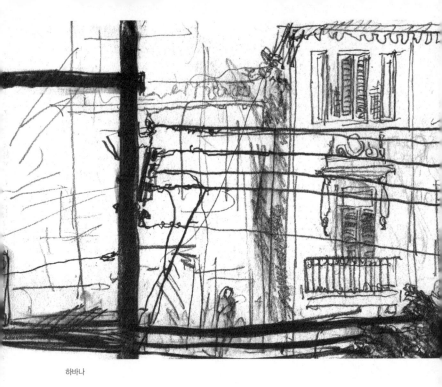

하바나

청소년기에 『게으를 권리*Le Droit à la paresse*』라는 제목의 짧막한 텍스트를
읽은 적이 있다. 작가는 젊어서 파블로라고 불렸던 폴 라파르그로, 1842년
쿠바에서 태어났다. 그의 어머니는 카리브 지역의 유대계 혼혈인인
비르지니 아르매냑이고, 통 제조공인 아버지는 프랑스인과 흑인의 피가
섞인 혼혈인데, 프란시스코돌로레스라든가 하는 이름이다가 프랑수아 데
둘뢰르 라파르그라는 정식 이름을 갖게 된다.
1851년 라파르그 가족은, 그 이유는 알려지지 않았지만, 보르도로
돌아온다. 그는 그곳 고등학교에서 꾸준히 〈튀기〉, 〈깜둥이〉 혹은 〈유대놈〉
취급을 당한다.

폴 라파르그는 1868년 4월 2일, 런던에서 로라 마르크스를 아내로 맞게
된다. 로라 마르크스는 예니와 카를 마르크스의 세 딸 중 막내이다.
〈재간둥이〉라는 별명을 가진 폴은 장인의 저작을 퍼뜨리고 알리는 데
평생을 바쳤다. 처음에 그 장인은 딸을 달라는 폴의 청을 거절하며 이렇게
말했다. 「자네의 재정 형편을 제대로 설명할 필요가 있네. 만약 자네가
오늘 당장 결혼할 수 있는 처지라 하더라도 그리는 안 될 걸세. 딸아이가
받아들이지 않을 테고, 나 자신도 반대할 테니까. 자네는 결혼할 생각을
하기 전에 우선 성숙한 사내부터 되어야 하네. 자네나, 딸아이나 시련기를
한참은 가져야 돼.」

하바나

로라와 폴 라파르그

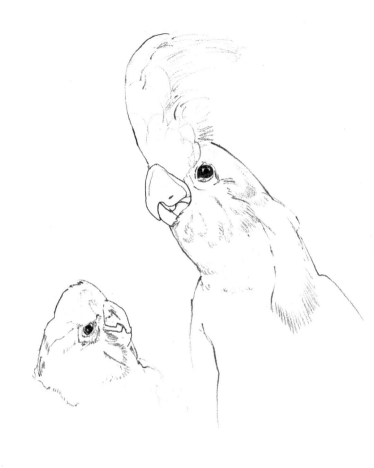

햇볕에 그을린 듯한 얼굴색과 길고 구불거리는 머리카락 때문에 친한
사이에서는 〈무어 사람〉이라고 불린 카를 마르크스는,
딸 로라가 앵무새처럼 자신의 이론을 열심히 따라하는 것을 보고
〈카카두 앵무새〉라는 별명을 붙여 준다.
반면, 그는 자신의 사위가 자신의 적인 바쿠닌의 숨은 지지자가 아닌지,
무정부주의자가 아닌지 오랫동안 의심했다.

예니와 카를 마르크스

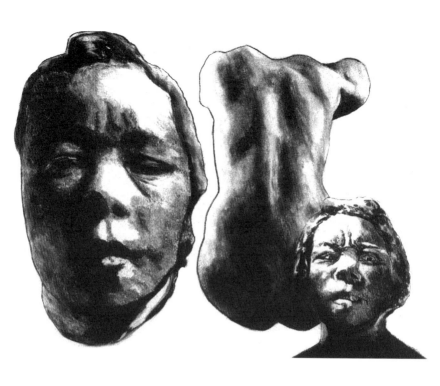

마르크스와 그의 아내인 아름다운 예니 폰 베스트팔렌은 늘, 서로를 무척
사랑했다. 그가 열세 살 때 열여섯 살인 그녀를 만난다. 그는 그녀에게 시를
써서 보내는데, 그 분량이 책 세 권에 이른다. 그는 훗날 그 시들을 평가하며
경멸을 내비치게 된다. 〈우수가 끝 간 데 없이 어찌나 다양한 모습으로
펼쳐져 있는지, 이 글들은 진정한 시라기보다는 범람이 발생한 풍광 같다.〉

마르크스와 예니는 10년을 기다려 1843년 6월 13일에 결혼하게 된다.
카를 마르크스는 세 딸 말고도, 젊은 가정부 헬렌과의 혼외정사로 아들을
한 명 두게 되리라. 1851년 6월 23일 런던에서 태어난 프레데릭 루이스는
어머니의 성 드무스를 따르게 된다. 우정 때문에 그리고 독신이어서,
프리드리히 엥겔스가 이 아이의 아버지가 되어 주고 임종의 자리에서야
진실을 털어놓게 된다.

폴과 로라 라파르그 커플로 돌아가기 전에 잠깐 샛길로 빠진다.
카를 마르크스는 친구 엥겔스의 반려인 메리 번스가 급작스럽게
사망했다는 소식을 듣고 엥겔스에게 편지를 보내는데, 문득 그 편지에 들어
있던 카를 마르크스의 냉소주의가 떠오른다. 〈이런 때에 자네에게 이 모든
끔찍스러운 이야기들을 (그의 돈 문제) 건네는 것이 나로서는 지독하게
이기적인 거지. 하지만 그게 유사 요법에 의한 치유책이야. 궂은일은 또
다른 궂은일로 쫓아내야 하는 거라고.〉
오랫동안 우정을 나눠 오던 엥겔스가 처음으로 화를 낸다. 〈개인적으로
불행한 일을 당한 데다 사물을 바라보는 너의 차가운 태도까지 겹치니
너무 화가 나서 네게 대꾸할 기력조차 없다는 건 이해하겠지…….〉

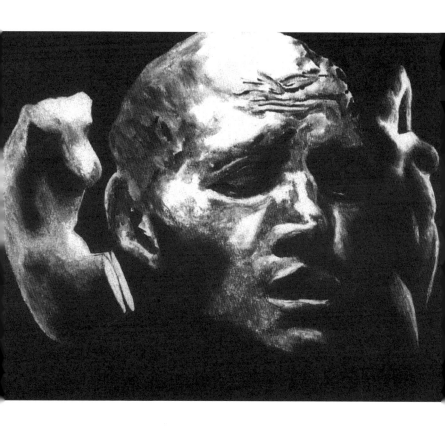

젊은 시절, 카를 마르크스는 변호사이자 변호사 협회 회장이며 보좌인이기도 한 아버지 하인리히 마르크스에게서 편지를 받았다. 〈때로 음울한 예감이 그러하듯, 내게 슬픔과 불안을 안겨 주는 생각들을 물리칠 수가 없구나. 문득 의혹이 덮쳐 오기 시작하면 내 스스로에게 묻게 된단다. 네가 너의 지성과 정신적 자질에 걸맞은 감성을 지녔는지, 이곳 속세에서는 애정에서부터 위안이 끝없이 솟아나기 마련인데, 네가 그런 애정을 느낄 수 있는지, 네가 심장을 내놓을 정도로 널 사로잡아 버린 그 이상한 악마가 하나님의 영(靈)인지 아니면 정반대로 파우스트의 영인지.〉

로라와 폴 라파르그의 삶은 불길한 전조 속에서 시작된다. 4년 동안 부부는 아이 셋을 잃는다. 〈말라깽이〉라는 별명으로 불린 제니는 1870년 파리에서 식중독으로 목숨을 잃는다. 생후 3개월 때였다.

그다음 해에는 마르크 로랑이 잘 알려지지 않은 소아병으로 오트가론에서
사망한다. 생후 6개월이었다.
셋 중 첫째였던 샤를 에티엔은 콜레라 후유증으로 1872년 마드리드에서
목숨을 잃는다. 겨우 4살이었다.

현재, 페르라셰즈의 77지구, 파리 코뮌의 벽 근처에 폴과 로라 라파르그의
유해가 안치되어 있다.
1911년 11월 25일과 26일 밤사이, 부부는 스스로 목숨을 끊었다. 파리에서
20킬로미터 정도 떨어진, 센 강과 세나르 숲 가장자리 사이에 위치한 에손
주의 드라베유 집에서였다.

(그림 안) 성령이시여, 거기 계십니까? 거기 계신다면 다행이고, 거기 계시지 않다면 할 수 없죠.
우린 모두 천국으로 갈 겁니다.

폴 라파르그는 69세였고, 로라는 66세였다.

폴은 이런 편지를 남겼다. 〈나는 삶의 즐거움과 기쁨을 하나하나 내게서 앗아 가고 나의 육체적, 정신적 힘을 소진시키는 가차 없는 노화가 나의 에너지를 마비시키고 나의 의지를 꺾어 놓고 내가 나 자신과 타인에게 짐이 되게 하기 전에, 몸과 마음이 건강한 상태에서 스스로 목숨을 끊는다. 나는 여러 해 전부터 70세를 넘기지 않겠다고 다짐해 왔다. 삶을 떠날 시기를 정해 놓았고, 내 결심을 실행한 방법을 마련했다. 피하 주사로 청산을 주입하는 거다. 나는, 가까운 미래에 내가 45년간 몸 바쳤던 명분이 승리하리라는 확신을 품고, 그 확신에서 비롯한 최상의 기쁨을 맛보며 죽는다. 공산주의 만세! 국제 사회주의 만세!〉

폴과 로라 부부의 자살이 합의로 이루어진 것이어야 신화는 빛을 발한다. 부부의 시신을 발견한 사람은 가정부의 연락을 받은 정원사로, 그는 사람이 들었던 흔적이 없는 침대 위에 정장 차림으로 누운 폴의 시신을 먼저 발견하고, 화장실 앞에서 잠옷 차림으로 누워 있는 로라를 발견한다. 로라는 어떠한 메모도 남기지 않았다. 부검 결과는 폴이 한밤에 그녀에게 독극물을 주사했고, 새벽에 그 뒤를 따랐음을 보여 준다.

동반 자살일까? 아니면 살해 뒤 자살일까?

이 의문은 여전히 밝혀지지 않았다.

(그림 안) 불확실하고 밋밋한 나날들

폴 라파르그의 시신이 누워 있던 침대 밑에서 『플루타르코스 영웅전』 한 권이 발견되는데, 카토의 죽음에 관한 이야기가 적힌 대목이 펼쳐진 채였고 메모가 달려 있었다.

그리고 폴은 주소록 수첩 마지막 쪽에 자신이 종종 데리고 놀아 주던 정원사의 어린 아들이 한 말을 적어 놓았다. 〈별들은 달님의 아이들이고, 별들이 보이지 않을 때는 감기에 걸려 집에 있을 때예요.〉

페르라셰즈 묘지에서 장례식이 있던 1911년 12월 3일은 차갑고 가는 비가
뿌리는 음울한 겨울날이었다. 사람들이 몰려들었는데, 공산당 기관지인
『뤼마니테L'Humanité』의 발표에 따르면, 그 수가 최대 2만 명, 경찰 집계로
8천 명이다. 유럽 전역에서 온 10여 개의 사회주의자 대표단이 붉은 깃발을
흔들어 댄다.

연설자들 가운데에는 장 조레스, 국제노동자연맹의 프랑스 지부 제1서기인
루이 뒤브뢰이, 독일에서 온 카를 카우츠키, 러시아 사람 한 명이 있다. 경찰은
그의 이름을 몰랐는데, 그는 블라디미르 일리치 울리아노프, 일명 레닌이다.
1년 반 전에 레닌과 그의 아내 나데즈다 크루프스카야는 파리에서부터
자전거를 타고 드라베유의 라파르그의 집을 방문했었다. 나데즈다는 그때,
주인 부부가 가끔씩 야릇한 눈길을 주고받는 것을 알아차렸다.
나데즈다는 두 사람의 사망 소식을 듣고 그 사실을 기억해 내게 된다.

작은 숲

어느 날, 시공時空을 벗어난
어느 레스토랑에서,
사랑을 차가운 내장 요리로 만들어 내왔다.
은근하게, 요리의 전도사에게
나는 뜨거운 걸 좋아한다고 말했다.
내장 요리는 (이 요리는 캉에서 유행했다)
차게 먹는 법이 아니니까.

페르난두 페소아Fernando Pessoa
『알바루 드 캄푸스의 시*Poésies de Alvaro de Campos*』

모든 것이 우리를 갈라놓는다. 그런데도 우리는 뒤섞이고야 만다.

레아 룬트는 충동적이고, 육內적이고, 에너지로 넘친다. 활력이 지나쳐서 믿기지 않을 정도로 몸을 혹사해서라도 그 에너지를 소비해야만 한다.

레아는 사교 생활, 예의범절, 겉치레와는 담을 쌓았다. 레아는 금방 싫증을 내며, 싫증을 쫓으려고 몸을 움직인다. 걷기, 자전거 타기, 수영하기, 체조, 춤추기.

나는, 내향적이고 머리를 쓴다. 내 삶의 속도는 느릿하다.

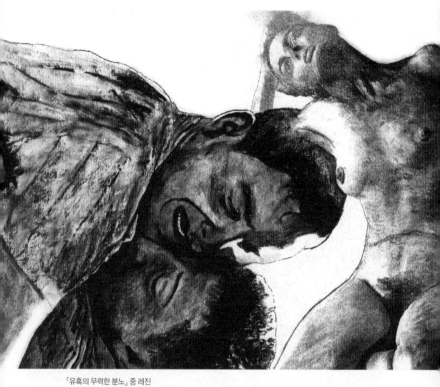

「유혹의 무력한 분노」 중 레진

레아는 눈만 감았다하면 잠이 든다. 어디에서건. 잠에서 깰 때는 기운차기
짝이 없다. 그녀에게서는 모든 것이 과잉이다. 지나친 커피, 지나친 빵,
지나친 꿀, 지나친 몸짓. 난, 불면증 환자다. 일어나면 곧 다시 눕고 싶다.
우리는 함께 깨어난 적이 없다. 레아는 7시, 나는 11시.
그러고도 조금 있다가 레아는 엄청난 과일을 먹어 치운다. 레아는 생야채,
인스턴트 소스와 양념들로 버무린 파스타로 배를 채운다. 조악하고 간단한
식사. 음식치레라고는 전혀 없다. 난, 정성을 들여 만든 음식이 아니면 견딜
수 없다.
레아는 레스토랑이나 식탁에 앉아 시간 보내길 싫어한다. 나는 텅 빈 식당에
혼자 앉아서 마냥 느긋하게 식사하길 좋아한다.

우리가 함께 나누는 유일한 취미. 포도주, 우리는 포도주를 즐겨 마신다.
어쨌든, 우리는 술이 좀 과하게 들어갔다 싶으면, 얼굴을 맞대고 앉아
별것도 아닌 온갖 일을 놓고 논쟁을 벌인다. 우리는 티격태격한다. 그
게임에서 가장 오래 버티는 사람은 나다. 나는 새벽까지 한없이 말싸움을
늘여 갈 수 있다. 나는 말싸움에 다시 불을 붙일 만한 논리를 언제든지
꺼내들 수 있다.

바깥에서 보면 우리는 도저히 봐줄 수 없는 존재들이고 다른 사람들을
짜증나게 만들 것이다.

파스칼이라면 『팡세』에서 이렇게 덧붙이리라. 〈너무 많거나 너무 적은
포도주. 그에게 포도주를 주지 않으면 그 사람은 진리를 찾을 수 없다.
그에게 포도주를 너무 많이 줘도 마찬가지이다.〉

어느 날 밤엔가 싸우다가, 레아가 관엽 식물에 집착하는 것을 놓고 그것은
내 보기에 고향에 대한 당신의 모태적 집착을 상징한다고 빈정거렸다.
레아는 조금도 머뭇거리지 않고 5층에서 식물들을 전부 내던져 버렸다.
나는 레아가 함께 뛰어내릴 거라고 생각 ─ 기대하기까지 ─ 했다.
격노한 고주망태 짐승. 우리의 어리석음은 측정할 길 없다. 우리의 말싸움은
하도 한심스러워서 차마 들어 줄 수 없고 차마 옮길 수 없을 정도이다.

레아는 음악을 좋아하고, 나는 독서를 좋아한다. 레아는 움직이기를
좋아하고, 나는 의자에 못 박힌 듯 앉아 있기를 좋아한다. 레아는 밖으로
나가기를 좋아하고, 나는 안으로 들어가기를 좋아한다. 레아는 남자를
좋아하고, 나는 여자를 좋아한다. 레아는 물에 떠다니기를 좋아하고 나는
가라앉기를 좋아한다. 레아는 빈둥거리기를 좋아하고, 나는 일하기를
좋아한다. 레아는 사람들이 서로 알고 지내는 동네를 좋아하고, 나는 군중
속의 이름 없는 개인이기를 좋아한다. 레아는 쿠바, 멕시코, 에스파냐와
남아메리카 문화를 좋아하고, 나는 오지의 프랑스, 벽촌, 겨울비 내리는
이탈리아를 좋아한다. 레아는 조각을 좋아하고, 나는 회화를 좋아한다.
레아는 몸뚱어리를 좋아하고, 나는 얼굴을 좋아한다. 레아는 고독을
무서워하고, 나는 고독을 청한다.

(그림 안) 미셸 우엘벡의 『소립자』

올리비에 O. 올리비에 (화가)

파벨 슈미트 (예술가)

레아

프레데릭

레아와 파벨 슈미트

알렉산드라 루소풀로스(화가)

마틴 맥널티(조각가)

알렉산드라 루소풀로스와 마틴 맥널티

마트리모니오 수비도★

티타의 남동생인 올리바가 들판을 향해 소리친다.
「아빠아아아!」
「왜 그래?」
「삼촌이 나무에 올라갔어요!」
「뭐? 뭐래? (자신의 아내 미란다에게) 쟤 뭐라고 소리치는 거요?」
미란다, 「못 알아들었어요!」
나뭇잎이 무성한 느릅나무 한 그루. 테오 삼촌의 목소리가 분명하게
들려온다.
「난 아내를 원해!」
나뭇가지들 사이에서 두 팔을 활짝 벌리고.
「난 아내를 원해!」
좀 더 가까이 다가간다. 나뭇가지들 한가운데에서 그가 거듭 소리친다.
「난 아내를 원해!」

페데리코 펠리니Federico Fellini
「아마르코르드Amarcord」

★ matrimonio subito. 이탈리아어로 〈급행 결혼〉을 의미한다.

나는 레아가 지녔던 이름과 성을 알고 있다. 나는 레아의 진짜 가계를 알고
있는데, 대부분이 외국으로 망명하여 독일어권 혹은 프랑스어권 스위스의
산자락 아래 있는 호숫가에서 살았다.

그러니까 나는 레아의 일족, 그녀의 가계도를 알고 있다. 그런데 레아
룬트는 가문의 이름도 성도, 그리고 나의 성도 쓰지 않는다. 스위스 법은
남편이 아내의 처녀 때 성을 쓰게 허용하지만, 나는 레아의 성으로 바꾸지
않았다. 사실 레아 룬트는 스위스인이다. 아니, 그러니까, 스위스인이었다.
나랑 결혼하면서 프랑스인이 되기도 했으니까. 그런데 10년도 더 전에 레아
룬트는 스칸디나비아의 추운 지역 출신이 되기로 결심했다.

덴마크에서는 룬트가 작은 숲을 의미한다. 가없는 평원에는 이런 이름을
지닌 관목이라고는 그 그림자도 보이지 않지만.

자화상

내가 레아 룬트를 처음 만났을 때, 그녀는 파스칼이라는 이름이었다.
그녀는 16살이었고 나는 21살이었다. 나는 로잔에 있었고, 어떤 카페에
들어갔다. 레아가 혼자 앉아 있었다. 그녀에게 다가갔다.

「다른 데 가서 한잔하지 않을래?」

우리는 테라스에 놓인 테이블에 앉았다.

「현재도 미래도 없는 이런 도시에서 뭘 하는데? 이 도시에서는
1400년경에도, 사람들이 아침마다 호숫가에 모여서 소원을 빌고 기도를
올리며 태양을 숭배했다고. 변한 건 아무것도 없지. 이곳에는 여전히, 가장
조악한 칼뱅주의적 윤리 의식과 뒤섞인 범신론이 존재하는 걸.」

「뭐, 그렇게 볼 수도 있겠지. 하지만 난 이곳에서 태어났어. 지금은
브뤼셀에 있는 연극학교에서 연기 공부를 하고 있고. INSAS라는 학교야.」

「아, 그래? 어떤 역을 하는데?」

「원한다면 베르톨트 브레히트와 쿠르트 바일의 「서푼짜리 오페라」를 불러 줄게. 다 외우고 있으니까.」

「그럴 거라고 생각해. 네 목소리는 약간 쉰 듯해. 아마 정확하고 힘차게 부르겠지. 고음에서도 신경을 건드리지 않고. 그런데 무엇보다도 넌 눈빛이 고딕풍이야. 아, 이건 칭찬으로 한 말.」

그녀는 얼굴을 붉혔다. 그러더니 대번에 일어나 세면대로 가더니 얼굴에 물을 끼얹고 왔다.

「난 칭찬을 좋아하지 않아.」

「기분을 상하게 하려던 건 아닌데. 언젠가 우린 결혼을 해서 아이를 갖게 될 걸.」

정신의 옷을 걸친 레아와 전투용 옷을 걸친 레아

「그래? 언제?」

「모든 건 네게 달렸어. 오늘 저녁에 뭘 할 거니?」

「친구들이랑 춤추러 갈 거야. 내일도. 춤을 좋아해. 너는?」

「춤이라면 질색이야.」

「어리석군.」

「넌 전혀 〈길들여지지 않은〉 여자 모습이야.」

「〈길들여지지 않았다〉라……, 그 단어 맘에 드는데. 넌 검은색으로 휘감은
데다 얼굴이 창백한 게, 꼭 지식인 같아. 어떤 일에도 즐거워하지 않을 것
같아. 하는 일이 정확히 뭔데?」

「난 〈데포 몽디알 덱스플로라시옹 파시오넬(정열 탐구 국제 보관소)〉
출판사를 경영하고 있어.」

「이름도 별나군.」

⟨데포 몽디알 덱스플로라시옹 파시오넬⟩ 시절의 프레데릭

프레데릭

사실, 꼭 그런 것은 아니었다. 나는 『게테 역*Station-Gaieté*』라는 제목의
정체가 모호한 잡지를 발간하고 있었다. 친구 넷이 모여 정열에 관해
뜬구름 잡는 듯한 거창한 이론들을 써대고 있었다. 「르 몽드」의 프랑수아
보트는 그 잡지에 대해 이런 말을 했다. 「절대 진지하지 않으며, 참을 수
없이 무게를 잡고, 저항할 길 없이 지적이다.」

대번에 전 세계의 독자들에게서 편지가 날아왔다. 그 짧은 시간 안에
우리는 다투기 시작했다. 난 텅 비어 버린 〈데포 몽디알 덱스플로라시옹
파시오넬〉에 달랑 혼자 남게 되었다. 사서함 하나뿐. 더 이상 아무것도
없었다.

그렇게 되자 언젠가 날 다시 태어나게 해줬던 이탈리아 풀리아 주의 도시
이름을 딴 〈오 오트란토〉라는 제목의 소식지를 출간할 꿈을 꾸기 시작했다.
이 소식지에는 뮤즈가, 여성 조언자가 있어야 했고 오로지 그녀에게만
봉헌되어야 했다.

누가 그녀가 될 것인가?

자화상

「그러니까, 출판사 이름대로라면, 넌 스스로를 정열의 탐험가라고 주장하는 거로군……. 날 탐험해 보고 싶어?」

「그렇기도 하고 아니기도 해. 내가 말했잖아. 네가 내 아이들의 엄마가 되길 기대한다고.」

「친구들과 춤추는 게 낫겠어.」

「시간은 기다릴 줄 알지.」

「뻔뻔할 정도로 자신만만하구나. 흥미로운데. 널 다시 만날 수 있으면 좋겠어. 어디 살아?」

「시내에서 30킬로미터 정도 떨어진 곳이야. 성당 옆, 오래된 농가야. 날 보러 와. 작은 인쇄소도 있다고. 그리고 채마밭도 있고 딸기밭도 있어. 친구들도 데리고 와. 시골 무도회에 데리고 가줄게.」

레아는 오지 않았다. 레아는 우리네 발자국이 찍히고 짐승들이 흔적을
남기는, 하늘이 하얀 눈송이들을 눈물처럼 떨구는, 그 눈 덮인 대지를 보지
못했다. 부엌에서 피우는 연탄내도 맡아 보지 못했다. 나는 레아에게 꼭 한
번 편지를 부쳤고, 레아는 그 편지를 간직했다. 나는 편지에 이렇게 썼었다.
「널 다시 보기를 열망하고, 소망해……」
나는 한동안 웅크리고 지냈다. 햇살이 쓰다듬어 주기를 기다리며.

파스칼, 넌 오지 않았다. 레아, 넌 오지 않았다. 아마 친구들과 춤추러 다니며 브뤼셀에서 즐기고 있나 보다. 나는, 그곳에서의 너의 삶이 행복하지 않고, 네가 무대에서 연기하는 인물들 중 그 누구와도 닮지 않았다는 것을 알지 못한다.

그러다가 너는 불쑥 돌아왔다. 너는 잿빛 도시 브뤼셀을 떠나 너의 산山들, 매번 네 눈에서 눈물을 뽑아 놓는 그 산들을 다시 만났다.

너는 자연과 바위, 얼어붙은 산 정상과 울창한 숲에서 어슬렁거리는 한 마리 짐승이다. 넌 이 산에서가 아니면 살지 못해. 네게 나머지는 중요하지 않아. 의자도, 테이블도, 아파트도, 자동차도, 신문도, 텔레비전도. 너는 냄새를 맡는 것만으로도 꽃과 버섯을 알아맞히잖아.

나는 토요일만 되면 시골에서 나와 네 고향 로잔을 방문했는데, 그러다가
어느 날 저녁 바에서 너를 만났다. 그동안 무슨 일이 있었던가?
너는 브뤼셀에서 3년을 보낸 뒤 로잔의 예술 학교에 들어갔다. 난,
아메리카, 프랑스, 스위스에서 잠깐씩 살았고, 북아프리카와 중국을
여행했다.
그러니까 우리가 다시 만난 건 로잔에서였다. 여전히 너의 쉰 듯한 목소리와
태평스러움이 내 마음에 들었다. 나는 네가 그림을 그린다는 걸, 특히 그
동기에 대해서 알지 못했다. 너의 그 꺼끌꺼끌한 목청. 살짝 부서진 그 무엇.
「사람들이 나를 〈레이디 애니멀〉이라고 불러.」
「재미있는데.」

브뤼셀의 레이디 애니멀

마농과 레아

레망 호숫가에 있는 나이트클럽에서 한잔하자고 레아에게 청했다. 댄스
플로어는 초라하고 조명은 약한, 불법으로 운영하는 지저분한 곳이었다.
우리는 진피즈 몇 잔을 홀짝거렸다. 넌 4년 동안 같이 살던 남자와 헤어진
참이었고 난 7년 동안 함께 살던 반려에게 차인 상태였다. 우리는, 흔히
말하듯, 〈임자 없는〉 상태였다.
「네게 이상적인 여자는 누구지?」
「너. 그럼 네게 이상적인 남자는 누구지?」
「너.」
우리는 슬로우를 췄다. 난 네 발을 밟았다. 10개월 뒤 우리 딸 마농이
태어났고, 우리는 로잔의 시청에서 좋을 때나 나쁠 때나 함께 하자며
결혼했다. 인생은 꿈과 닮았다.

시청에서 결혼한 날

에게 해, 시프노스 섬에서

이집트, 거기가 그렇게 먼 건 아니리라. 하지만 역까지 가자니

카를 크라우스Karl Kraus
『금언과 반금언*Dits et contredits*』

카페 테라스, 밤

시프노스 섬에 도착

아밀리아의 집

아말리아의 집

프레데릭과 마농

마농

마농과 뤼도

뤼도, 마농 그리고 프레데릭

뤼도

그리스 사로니코스 만의 스페체스 섬에서, 저녁 나절 방파제를 산책하다.

기사도풍 사랑

귀도와 이졸데의 사랑에는 그 시대의 연인들에게서 보이는,
그런 성스러운 순수함이 있었다. 두 사람은 서로 본 적이 없었다.
두 사람은 서로 말을 해본 적도 없었다. 두 사람은 서로에 대해
조금도 알지 못했다. 하지만 두 사람은 서로 사랑했다.

스테판 리콕Stephen Leacock
『중세풍 로맨스*Romance moyenâgeuse*』

포근한 안개가 정중히 물러나자, 시내 대공원의 잔디밭이 드러나고, **빽빽이**
깔린 연한 풀잎에 맺힌 이슬이 반짝거린다.
때는 이른 아침. 모든 사람들이 활동을 시작하는 시간이다. 규칙적인
일상이, 노동이, 권태가 다시 시작되고, 우리 몸짓에 긁힌 커다란
음반에서는 진부한 이야기들이 되풀이되어 흘러나온다.
우리는 많고 많지만, 사랑하는 우리는 둘뿐. 이 세상에서 단 둘이다.

커플, 그것은 천국이다. 또한 지옥이라고도 한다. 낡아 빠진
비닐 가방처럼 보이는 지옥인데, 그 속에 들어앉은 연인들은
그저 비닐에 두 눈을 갖다 댄 채 자신들을 비웃는 바깥세상은,
그 천상의 모습을 지닌 아름다운 바깥세상은 보지 못한 채,
서로 다투고 숨 막혀 한다.
어쨌든 두 사람은 맞춤 비닐 가방 속에 들어앉아 만족스러워한다.
운 좋게 혹은 운 나쁘게 두 사람 중 한 사람이 집을 나가 버리고,
남은 한 사람이 울고불고 화를 내는 일이 생기는데, 그래 봤자 그건
급하게 다른 곳으로, 그보다 더 구겨진 어떤 다른 비닐 가방으로 가서
그 속에서 자기 위함이다.

아마도 한 가지는 논란의 여지가 없을 것이다. 〈연인 간의〉 사랑은 일정 시간 지속될 뿐인데, 이 시간이 함부로 영원과 혼동된다는 것.

짝 이룬 남녀는 서로 사랑한다. 당연하다. 짝 이룬 남녀는 서로 미워하게 된다. 그럴 법하다. 짝 이룬 남녀는 서로를 파괴할 수 있다. 이는 아주 드물고 우발적이다. 또 짝 이룬 남녀는 영원히 서로에게 토라질 수 있다. 개 한 마리나 심리 분석가가 이들의 고약한 성격을 누그러뜨려 준다 해도 말이다. 또한 남자가 여자처럼 될 수 있고 혹은 그 반대 일이 일어날 수도 있으며, 세월과 슬픔에 오랜 기간 시달려 온 나이든 남녀가 어느 날 아침 느닷없이 애정에 취하고, 각자의 별난 버릇들 ― 그때까지만 해도 그렇게 신경을 긁어 댔던 그 버릇들 ― 에 먹먹해져, 기가 막히게 사이좋은 친구처럼 서로를 바라볼 수도 있다.

사랑은 예쁜 말이지만 오만 잡동사니를 다 쑤셔 넣은 티가 팍팍 난다.
누구라도 숨이 턱 막히는 강한 전율을 느낄 수 있고, 직장 동료나 혹은
창녀의 품에 몸을 던질 수 있다.
그 누군들, 공포를 느끼며 혹은 정반대로 남의 정사 엿보듯 황홀감을
느끼며, 이 아무개들의 만화경에 눈길을 주지 않았겠는가?

레아와 나는 사랑한다. 그렇다. 우리는 사랑한다. 미칠 듯이 사랑한다.
성의학자들이라면 〈적어도 두 해 동안은〉이라고 예언하리라.

그 뒤를 마모, 일상, 권태가 잇는다.

종이 뭉치, 책, 구겨진 옷들이 널려 있는 내 숙소의 좁은 간이침대에서
서로에게 딱 들러붙어 누워 있을 때면, 코르도바의 신학자이자 시인이며
저서의 대부분이 세비야에서 불태워지는 참사를 겪은 이븐 하즘이 했던
말이 생각난다. 〈칼로 열 듯 내 가슴을 열어젖혔으면 좋겠어. 당신이 그
안으로 들어오고 나면 나는 가슴속 심장을 다시 닫아 버릴 거야…….〉

그러고는 이런 말도 덧붙였다. 〈조금도 널 만나고 싶지 않아. 꿈속에서만
네가 나와 한 몸이 되기를 바라…….〉

〈기사도풍〉 사랑이 우리 덜미를 낚아챌 수도 있다. 11세기의 귀부인은 자신이 반려에게 쓰는 호칭을 자신의 반려가 자신에게 쓰게 할 수 있었다. 호칭에 남녀 구분이 없으니, 두 반려 중 누가 귀부인이고, 누가 흠모하는 귀부인을 위해 사랑을 읊조리는 음유 시인이려나?

나는 내 여자가 내 남자가 될 수 있을지, 반면에 나는 그녀의 여자가 될 수 있을지를 스스로에게 묻는다. 왜 안 되겠는가? 그게 페미니스트들의 꿈이 아니었는가?

서로 좋아한다는 것, 그건 시간이 언제라도 변덕을 부려 우리들을 친구나 아무 의미 없는 사람 혹은 적의 자리로 되돌릴 수 있다는 것을 알면서도, 시간을 뚫고 나아가는 것이다.

앞에서 얼핏 이야기했지만, 청소년기의 레아는 쉽게 움츠러들었고, 별것도
아닌 일에 얼굴을 붉히며 숨도 제대로 못 쉬고 말문이 막혔다. 단지 그러한
당혹스러움을 유별난 활력으로 숨길 줄은 알고 있었다.
정반대로 나는 엄격하고, 말싸움에 능하고, 오만하며, 조롱을 즐기고,
자신감이 넘쳐 보였다.
시간은 밤처럼 흘러갔다. 밤에는 우리 두 눈이 소용없으니, 모든 게
뚜렷해지는 새벽까지 더듬더듬 나아갈 수밖에 없지 않은가. 레아는
꼿꼿하게 몸을 세웠다. 엄격하고, 때로 퉁명스럽고, 제멋대로이고, 자신의
야성적이고 충동적인 천성에만 의지한다. 그렇다고 해서 그녀가 실없는
소리를 즐겨하지 않는 것은 아니다.
레아는 눈부시게 환한 대낮 그리고 달빛 한 점 없는 밤이 되었다.
레아는 여명도, 황혼도 지워 버렸다. 저물녘 어슴푸레한 시간이라고 왜
아니겠는가?

꼼꼼한 푸줏간 주인의 칼등에 맞아 부드러워진 에스칼로프용 고기처럼, 나는 과거의 나였던 그 젊은이로부터 점점 더 멀어지고 있다.

앙리 칼레Henri Calet의 표현을 꾸어와 볼까.

〈놀랍다. 나이를 먹어도 소용이 없는 게, 진정한 어른 남자 행세를 하게 되지 못한다. 늘, 내 안에는 소년 같은 부분이 남아 있으려나 보다.〉

연민이라고까지 말하지는 않겠지만 감정이, 니체나 그밖에 다른 작가들의 글을 읽으며 스스로 금했던 그런 감정들이 삽시간에 나를 을러댔고, 결국 나를 삼켜 버렸다.

어린 시절의 레아

레아의 아버지와 어머니는 레아가 청소년이었을 때 갈라섰다.

부모들은 헤어지면서 그들이 원하든 않든 간에 자식에게 상처를 준다. 가장
흔하게는, 아버지의 무력하고 분노 섞인 의견을 누르고 아이들을 맡는 것은
어머니이다. 그러기 마련이다.

레아는 이혼한 부모의 딸이고 난, 아버지가 없는 아이였다.

시냇물이 산자락에서, 커다란 나무들이 흔들리고 이끼 낀 바위들이
굴러다니는 벌판 한 자락에서 머물 곳을 찾아내듯 레아는 자신의 존재를
만들어 냈고, 반면에 난 머릿속에 그려 낸 아버지의 시신 앞에서, 차가운
숨결로 위장한 침묵에 잠겨 굳어 버렸다.

바리아

영혼이여, 떠도는 다감한 영혼이여,
너를 묵게 해준 육신, 내 육신의 반려여,
창백하고 딱딱하고 헐벗은 그곳으로,
이전의 유희들을 단념해야만 할 그곳으로
너 이제 내려가려는구나.
조금만 더 익숙한 강기슭을,
우리가 다시는 보지 못할 사물들을 함께 바라보자……
두 눈을 뜨고 죽음 속으로 들어가 보자…….

마르그리트 유르스나르Marguerite Yourcenar
『하드리아누스 황제의 회상록*Mémoires d'Hadrien*』

2006년 초, 바리아 — 레아 룬트의 어머니 — 는 자신을 위협하고
있는 것이 정확히 무엇인지 알지 못했다. 태평스럽게 순례자들과 도보
여행객들의 길을 따라 베르코르 산악 지대를 걸어서 통과하고 있는 우리나
마찬가지였다.

로돌프 퇴페르*는 1833년 자신이 직접 삽화를 그린 여행기 『그랑드
샤르트뢰즈 수도원 여행 *Voyage à la Grande-Chartreuse*』을 출간했는데,
중간중간, 그로노블에서 맛본 고기 단자, 고기나 생선 파이, 튀김 요리,
다양한 소스에 대해 찬탄을 늘어놓는다.

그런데 우리는 숨이 턱에 닿아 헉헉거리고 있었으니, 아주 오랜만의 도보
여행이었다. 이 책의 윤곽이 잡혀 가고 있었지만 무거운 화구는 풀어
보지도 않은 채, 책 생각은 하지도 않고, 잠깐 멈춰 서는 법도 없었다.

★ Rodolphe Töpffer(1799~1846). 스위스의 교육자, 작가, 정치가이자 최초의 만화 작가이다.

베르코르의 랑퀴렐에서 본 풍경

우리는 오월의 어느 화창한 오후, 십여 일에 걸친 여행을 마치고 드롬으로
다시 내려갔다. 레아의 휴대폰이 울렸다.

- 바리아야.
- 아, 엄마. 뭐래요?
- 좋지 않다.
- 뭔데요? 뭐가 나왔대요?
- 암이래.

그 순간, 레아는 빨간 눈알의 거대한 연두색 도마뱀과 눈이 마주쳤다. 그
놈은 레아 얼굴 높이의 나뭇가지 위에 올라앉아서 레아를 노려보고 있었다.
레아는 깜짝 놀라 소스라쳤다.

그 뒤 1년 반이 넘는 기간 동안의 우리의 삶은, 이 소식에 의해 결정나 버렸다.

라발 협곡

바리아가 살고 있는 도시에서 가장 위압적인 건물은 대학 병원이다.
죽음마저도 절망에 잠기게 할 정도로, 물찌똥 색깔의 병실과 복도로 들어찬
그곳은 겉과 속이 똑같이 추악했다. 그곳에서 일하는 사람만도 자그마치
7천5백 명이고, 매년 15만 명에 이르는 환자들이 치료를 받고 있다.
직원들이 궁금하다고? 약간 차갑고 도도한 외과 의사, 심리학자, 마취 의사,
회계원, 구급차 요원, 성형외과 의사 그리고 간호사, 특히나 여자 간호사들.
가끔은 다정하고, 그보다 더 자주 가차 없고 냉혹한 간호사들, 그러니까
기생충 낭포 속 뒤지기를 두려워하지 않는 여자들이다. 남녀 할 것 없이
모두들 밤낮으로 공포, 고통, 절단, 임종, 죽음에 맞서고 있다.
바리아는 바로 이 병원에서 입 안에 생긴 거대한 종양을 제거하는 수술을
받았는데, 형언할 수 없는 고통이 뒤따른 수술이었다.

생타낭앙베르코르 묘지

생명은 구한 듯했고, 힘겨운 재활 교육을 받고 나서 몇 주간 바리아는
행복했다. 바리아는 걷기에 다시 취미를 붙이고, 꽃 한 송이, 나무 한 그루,
온갖 것의 아름다움에 경탄하고, 콘체르토에 감동하고, 친구들과 쉬지 않고
웃고 떠들었다.
그러더니 너무나도 빠르게 그토록 두려워했던 재발이 찾아왔다. 전이가
발생해 림프절이 부어올랐다. 다시 끔찍한 종양 제거 수술. 화학 치료,
방사선 치료, 욕지기, 구토, 몰핀 그리고 하이드로몰핀. 이 진통제를 맞으면
뜬금없이 횡설수설하고 냉정을 잃었다.
〈치유되었다〉고 하니, 장기 훼손과 가차 없는 고통에 시달리면서 바리아는
음식물 주입관과 유동식, 약, 몰핀을 챙겨 혼자 버스를 타고 집으로
돌아갔다.

생타냉앙베르코르 성당 안뜰에서

의료진, 특히 노인 심리 전문의들 ― 그들의 전문 지식을 과신하는 ― 의 소견으로는, 이 모든 것이 수술 후 나타나는 가벼운 우울증일 뿐이었다. 몰리에르라면 이렇게 빈정거렸을 텐데. 〈수술은 성공했고 환자는 죽었소!〉 너무나 고통스러워서 바리아는 다시 병원에 입원해야 했다. 고통은 견딜 수 없을 정도였으나 그렇다고 그 모습에 의사들 마음이 더 움직인 것도 아니었다. 어떤 의사들은 조금 더 검사를 해보고 싶다, 특히 척추 쪽을 검사해 보고 싶다는 소망을 피력했다. 새로운 전이를 놓고 말들이 오갔다.

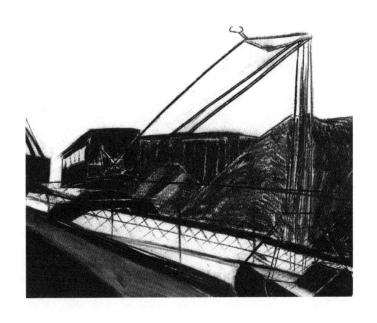

꼬박 18개월 동안, 무분별하고 놀라울 정도로 무성의한 치료에 시달리고
나서 기력을 완전히 소진한 바리아는, 프랑스어권 스위스의 안락사 지원
단체 〈엑시트〉에 도움을 청하기로 결심했다. 〈엑시트〉는 2000년부터
임종이 임박한 환자들이나 중증 장애인들이 품위를 지키며 생을 마감할 수
있게 돕는 것을 사명으로 삼은 단체이다. 대부분 독일이나 오스트리아 등
이웃 나라에서 온 불치병 환자들을 상대로 상당한 비용을 받고 주차장이나
호텔 객실에서 죽음을 맞게 하는 독어권 스위스의 〈디그니타스〉와는
다르다.

바리아는 가까운 사람들에게 속내를 털어놓았고, 그들은 완곡하게
〈안락사〉 혹은 〈원조 자살〉이라고 부르는 죽음의 결정을 받아들였다.
그녀는 병원 의사들에게 소견서를 요구했는데, 소견서 없이는 극약 처방이
불가능해서였다. 병원 의사들은 대놓고 거절하지는 않았지만 소견서를
넘겨주지도 않았다. 결국, 그녀를 돌보던 일반의가 작성해 주었다. 그는
수술실의 비밀주의에도 행정의 비밀주의에도 구애받지 않았다.
이비인후과 전문의인 〈엑시트〉의 대표가 오케이 사인을 줬고, 바리아는
집에서 죽음을 맞을 수 있게 되었다. 어느 목요일 아침 9시에
모두 모이기로 했다.

전날 저녁에도 비상 소집된 외과의, 전문의, 노인 심리 전문의들이 모여
회의를 한 뒤 〈바리아는 완치되었다〉는 구실로 바리아의 결정에 반대했다.
가족들의 가슴을 에는 변론 덕분에, 마침내 의료진도 바리아의 퇴원을
받아들였다.

11월의 어느 추운 겨울 아침, 몸무게가 얼마 나가지도 않는 자그마한
여인이 자신을 집으로 데려다 줄 구급차를 기다리고 있었다. 침상 주위에는
가까운 사람들과 주치의 〈엑시트〉에서 나온 자원봉사자가 눈물을 글썽이며
있었고, 노련하고 세심하고 차분하며 용감한 전직 마취 간호사가 둘러서
있었다.

바리아가 미안해했다. 「미안해. 아무런 감정도 안 생기는구나. 벌써 이
세상을 뜬 것 같아.」 그러더니 마지막 말을 덧붙였다. 「애들아, 잘 있어라!」

나는 바리아가 스스로 독극물을 투여하고 나서 1시간이 흐른 뒤, 그녀가
마지막으로 숨을 거두는 순간 곁에 있는 가족들과 함께 할 수 있었다.
그러고 나니 우리 딸아이가 도착했다. 딸아이는 이제는 생명이 사라진
할머니의 두 손을 한참 붙들고 있었다.

〈엑시트〉의 도움을 받은 사망은 자연사로 인정되지 않기 때문에 젊은
사법 경찰관 두 명이 보고서 작성을 위해 시민 복장으로 참관했다. 그들은
조심스럽게 고인의 상태를 살폈고, 사망 장소를 둘러봤고, 아무런 가치
판단이 들어 있지 않은 질문을 증인들에게 던졌다. 그들 중 한 명은
옹기종기 모여 있는 사람들을 향해 내놓고 공감을 느끼기까지 했다.
그 사람은 유고슬라비아 수용소에서 무수히 많은 잔혹한 행위를 직접
목격했기 때문에, 그 뒤로 죽음을 더 이상 터부로 보지 않았다.

그러더니 검시관이 왔다. 짤막한 여성으로 남아메리카 억양이었고, 좀 더 의혹에 찬 듯했다. 검시관은 휴지통에서 주사기를 꺼내더니 물품 포장과 처방전을 주의 깊게 읽고, 독극물이, 그러니까 〈펜토바르비탈 나트륨〉이 담겨 있던 유리 용기를 꼼꼼하게 살폈다. 검시관은 못마땅한 기색을 숨기지 않았다.

그 누구든 유산에 손을 댈 속셈으로 안락사를 이용해 부모를 치워 버리려 든다면, 자신이 속한 단체는 그런 부당한 요구를 딱 잘라 거절할 줄 안다고 검시관 옆에서 엑시트의 자원봉사자가 말했다.

마침내 장의사들 차례가 되었다. 얼굴이 밀랍 색이고, 위엄 있고, 말수가 적은 점이 서로 닮은 그 사람들은 수레를 밀듯 들것을 운반했다.

레망 호숫가의 생쉴피스 앞에 늘어선 플라타너스들

나는 바리아의 임종을 지키기 전에도 이미 여러 번 사람들이 죽는 모습을 보았다. 전부 다 급사한 경우였다. 스트라스부르의 오랑주리 공원 안 얼어붙기 시작한 연못에 빠져 죽은 떠돌이 집시, 계곡 급류에 휩쓸려 버린 같은 반 친구(그곳에서 2천 미터 아래의 강에서 시체를 찾았다), 의자 위에서 흔들거리다가 목이 부러져 죽은 사람, 차에 치여 죽은 사람, 목이 잘린 오토바이 운전자, 로잔의 베시에르 다리 위에서 뛰어내려 목숨을 끊은 약사였던 젊은 여인, 알제리에서 사내애들의 칼에 찔려 죽은 해안 경비원, 역시 알제리의 아인 살라 오아시스에서 교수형 당한 사람들. 파리에서도 여러 건의 총기 범죄를 목격했는데, 그중 하나는 버스에서 내리다가였다. 하지만 생명이 그런 식으로 떠나가는 모습을 본 적은 없었다.

그토록 평온하고, 그토록 결연하게.

비디의 레 카트르 캉통 광장에서 본 생쉴피스의 모습

바리아, 20년도 더 전의 어느 일요일 저녁, 일요일 저녁이면 으레 그러듯 그날도 저녁 식사에 사람들을 초대했고, 그 자리에서 당신의 딸 레아 — 당시에는 여전히 파스칼이라는 이름이었다 — 가 우리 소개를 이렇게 했죠. 「자, 이 사람은 제 인생의 남자고, 저는 저 사람 인생의 여자예요. 우리는 결혼해서 아이를 가지려고 해요!」

당신은 나를 향해 두 팔을 벌리며 혼자 이런 생각을 했더랬죠. 〈내 딸을 훔쳐가려는 이 작자는 어떤 인간인가?〉

어쨌든 당신은 레아와 내가 짝을 이루는 걸 받아들여 줬어요. 당신과 나는, 바리아, 우리는 서로가 서로를 선택한 것은 아니지요. 레아가 나의 가족을 선택한 게 아닌 거나 마찬가지로요. 대번에 나는 당신의 사위가 되었고 당신은 나의 장모가 되었어요. 우리는 다짜고짜 지금은 뭐였는지 기억도 나지 않는 이러저런 평범한 정치적 이슈들을 놓고 언쟁을 벌였어요. 우리는 지치지도 않고 말싸움을 했는데, 그 일에는 짓궂은 쾌감이 없는 게 아니었으니까요.

당신은 내게서 결점들을 찾아냈고, 나 역시 당신에게서 그만큼의 결점들을 보았죠. 남성 거의 전부를 향한 당신의 적개심부터 시작해서 말이죠. 나는 당신의 과장된 의견들을 들어 주고, 당신 역시 나의 과장된 의견들을 참아 주고, 그러다가 우리는 서로를 인정하고 말았습니다.

그로부터 23년 후, 죽기 얼마 전에 당신은 내 손을 잡고 그저 이렇게 말했습니다. 「자네와 나, 우린 서로를 아주 잘 알지.」 그 동작과 그 말이 얼마나 제 마음을 후려쳤는지요. 드러내 보여 주는 것은 거의 없는 듯했던 그 언행은 사실 모든 것을 말하고 있었어요. 장모와 사위는 서로에게 약간 수줍음을 품기 마련인데, 제 생각에 그건 일종의 애정이랍니다.

바리아, 당신은 당신만의 방법으로 제가 당신 딸을 더욱 더 사랑하게 용기를 북돋아 줬어요. 그 점에 있어서는 당신과의 대화가 늘 우선권을 가졌었죠.

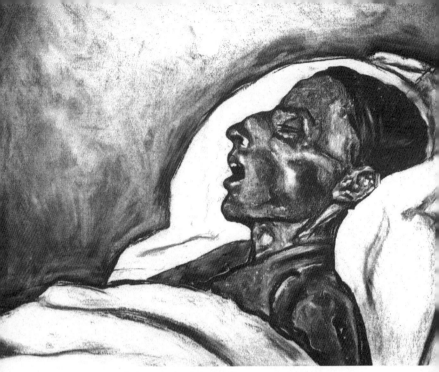

페르디난트 호들러의 「발랑틴 고데다렐의 죽음의 순간」 모작

「삶은 아름다워.」 당신은 말했죠. 샹포르는 〈삶은 세상 사람들이 삶을 갖고
만들어 내는 것 정도의 가치밖에 없다〉고 회의적으로 생각했고, 그 생각에
찬성하는 만큼 제가 비록 당신과 의견을 같이 하지는 않는다 하더라도,
당신이 한 그 말은 당신을 영예롭게 합니다.

마지막으로 한 마디 더. 당신이 아프다는 것을 알자마자 우리가 당신 생각을
하지 않고 넘어간 날이나 밤이 단 한 번도 없었고, 이런 식으로든 저런
식으로든, 우리는 여전히 당신과 함께 이 책을 만들고 또 허물고 있답니다.
당신이 겪은 끔찍한 고통, 희망, 체념, 그 모든 것이 이 낱장들을 보이지
않게 엮어 주고 있습니다.

요제프 쿠델카의 사진(1963)을 바탕으로 그린 목탄화
(오른쪽) 바닷가의 우거진 나무들

이혼 예찬

이혼은 너무나 당연한 것이어서,
밤마다 여러 가정의 부부 사이에서 누워 잔다.

샹포르Chamfort
『금언과 성찰*Maximes et pensées*』

라스푸틴

레아가 선언한다. 「나는 신자가 아니야. 난 신비주의자야!」 레아는 어떤 신비주의에 대해 말하고 싶은 걸까? 이런 문제를 놓고 대화라고는 해본 적도 없고, 그런 주제를 다룬 책이라고는 읽어 본 적도 없는데?

나는 레아에게 여성 악마주의의 사제였던 마리아 드 나글로프스카에 대해 이야기해 준다. 나는 오래전 알렉상드리앙의 『사랑의 해방자들*Les Libérateurs de l'amour*』을 읽고 막연하게 그 주제에 관심을 가졌었다.

이 기이한 여인은 1885년쯤에 러시아에서 태어났다. 코카시아, 제네바, 로마, 알렉산드리아 등에서 살았고, 1929년, 라스파이 대로에 위치한 라페 호텔의 작은 객실에 짐을 풀었다. 그녀는 러시아에 있을 때 라스푸틴과 교류를 했다. 그녀는 훗날 라스푸틴의 비서였던 아론 시마노비치가 쓴 라스푸틴에 관한 전기를 공동 번역하게 된다.

제10의 화신 바지무카와 사비나

(그림 안) 네 뱃속에 말들이 있어

그 여인은 1930년부터 일종의 새로운 종교를 세우게 되는데, 성신을 성모로 대체하여 성부와 성자와 성모로 재구성한 삼위일체를 내세우는 종교였다. 그녀의 말을 따르자면 유대교는 성부의 종교로, 종의 번식을 보장하는 모세의 남근이 그 상징이다. 기독교는 성자의 종교로 십자가를 상징으로 삼고, 성을 거부하라고 부추긴다.

이 두 종교는 성모의 종교가 사이에 들어 화합시키지 않으면 공존할 수
없다. 이리하여, 우주의 최고 진리에 가 닿으려고 육을 떠나 날아간 화살★
덕분에 새로운 사회의 모권적 구조 안에서 사제와 마법과 성(性)에서의
여성의 역할이 시작되었다.

★ 성적 합일이 불러오는 영적 변화 능력을 믿으며 여성성과 남성성의 결합을 통화 빛과 어둠의 조화를 꿈꿨던 나글
로프스카에게 에로스의 황금 화살은 자신이 설파하던 비교(秘敎)의 이상적 상징이었다. 그녀가 이끄는 신도회의 명
칭 또한 〈황금 화살 신도회〉였다.

(그림 안) 당신이 나의 아버지가 되겠죠, 아닌가요?

로댕 미술관 정원

카사노바는 『치즈 사전*Dictionnaire des fromages*』 — 아쉽게도 미완으로
남으리라 — 의 초안을 만들면서 〈심정, 열정, 쾌락이 문제가 될 경우,
여성의 상상력은 남성의 상상력보다 늘 더 멀리 나아간다〉는 지적을 했었다.

마리아 드 나글로프스카는 카사노바가 틀리지 않았음을 보여 준다. 그녀는 자신의 교리를 설파하기 위해 화살이라는 의미의 월간지 『라 플레슈*La Flèche*』를 발간한다. 이 잡지는 18호까지 나오게 된다. 또한 몇 권의 서적도 펴내는데, 그 가운데에는 『섹스의 빛, 마법적 사랑의 성사*La Lumière du sexe, Le Rite sacré de l'amour magique*』 그리고 『교수형의 신비*Le Mystère de la pendaison*』가 있다. 그 종파에 대해 말하자면, 당연하게도 그녀는 〈황금 화살 신도회〉라는 호칭을 자신의 종파에 붙이게 된다.

초기의 보이 스카우트들은 화살에 담긴 성적(性的), 입문적 의미를 전혀
모른 채 황금 화살을 받았고, 때로는 스카우트 창시자인
베이든 파월Baden Powell이 직접 자신의 손으로 수여하기도 했다.

마리아 드 나글로프스카가 쓴 글들 ─ 공공 도서관에서는 오랫동안
찾아볼 수 없었던 ─ 에 담긴 난해한 비의와 열광적 언설은 다음과 같은
매혹적인 패러독스들을 통해 잘 드러난다. 〈우리는 일체를 향해 나아가지
않는다. 우리는 존재한 적 없었던 태초부터의 일체이다.〉

외향적이나 사생활에서는 겸허하고 정숙한 이 여인에게서 가장 놀라운 것은, 그녀 스스로는 남과 여 사이의 가장 고귀한 성사라고 간주하는 〈이혼 예찬〉이다. 차라리 잘됐다. 내일의 커플들은 적개심이나 마음이 안 맞아서가 아니라 〈사랑〉하기 때문에 이혼을 해야 하리니!

그리하여 부부는 이혼하고 난 뒤 각각 다시 결혼해야 할 것인데, 단지 이번 결혼식은 사랑의 여사제 — 바로 마리아 드 나글로프스카 — 가 거행하는 황금 미사 때 치러진다.

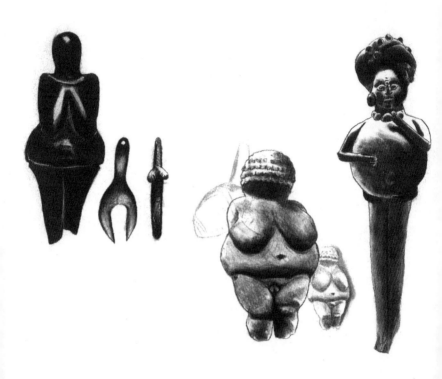

놀랍고 독창적이고 나름의 방식으로 자유분방한 그 여인은, 고국의 볼셰비키 투사들이 내세우는 수줍기 짝이 없는 〈콜호스식 쾌락의 권리〉에 분개하며 그들의 반대편에 서게 될 것이다. 그녀가 보기에 성령은 육신 〈안에〉 존재하며, 사제와의 성교만이 성령을 움직여 지성의 맨 꼭대기에 올려놓을 수 있기에, 늘 논란거리인 〈의식(意識)〉에 성령이 영향을 미치도록 부추겨야 한다.

마리아 드 나글로프스카는 자신의 육신에서부터 출발해 창공의
아찔함으로까지 비상할 역할을 맡은 여성이, 공적 영역에서 남성 대신
지휘하도록 부름을 받을 일이 멀지 않았음을 ── 당시는 1933년이었다 ──
그리고 그것은 보통 선거에 의해서가 아니라, 이성 아닌 성(性)에서 자신의
영적 빛을 길어 올리는 성사를 통해서임을 또한 일깨운다.
독일이 파리에 점령당한 뒤로는 그녀의 흔적을 찾을 수 없다.
몽파르나스에서 목매다는 의식을 치르다가 사고가 나는 바람에 경찰의
의심을 받게 되자 프랑스를 떠났다는 소문이 돌게 될 것이다.

기분 전환

그런데 밤은, 영화에서 종종 그렇게 말하듯이 여전히 풋풋했다.

앨런 실리토Alan Sillitoe
『토요일 저녁, 일요일 아침 *Saturday Night and Sunday Morning*』

에마누엘레 필리베르토

진실이라는 말은 않겠지만, 모든 게 사실이다. 레아와 함께하는 내 삶에 대해 조금 말해 볼까 싶다. 펜촉 끝이 내 붉은색 노트의 모눈종이 위를 미끄러지고 있는 지금, 나는 순식간에 내 말들 위로 그림자가 질 것임을 알고 있다. 〈생각하는 대로 말하고 쓰기란 드물다.〉 보브나르그의 말이다. 모든 것이 거짓이고 은폐라고는 않겠지만, 나의 비밀들 — 우리의 비밀들 —, 나의 수줍음, 나의 혼란이 엄정한 사실 보고서에 그림자를 드리운다. 글은 일정 정도 글 쓴 자의 드러냄을 보증해야 하리라. 하지만 사실은 전혀 그렇지 않다. 글은 나의 거짓말들, 혹은 다르게 말해 보자면 나의 허구적 진실이다.

피에몬테에 있는 베르두노 마을의 집

어느 날 저녁, 레아와 나의 친구인 클로딘이 우리 집에 와 저녁을 함께
들다가 피에몬테의 마을 베르두노에서 화가인 남편 올리비에 O.
올리비에와 함께 호화 저택을 개조한 펜션에 묵었던 일을 떠올렸다.
클로딘은 몇 가지 자질구레한 점들을 정확하게 기억하고 있었다. 계단,
샹들리에, 부엌 그리고 특히 바람에 문이 쾅 닫히는 것을 방지하려고
문돌쩌귀에 달아 놓은 특별한 장치들.

22년 전 레아는 딸아이를 가진 상태로 이탈리아로 연수 여행을 갔다가,
바로 그 펜션을 그린 크로키 몇 점을 가져왔었다. 장에서 스케치북을 찾아낸
레아가 스케치북을 펼쳤다. 바로 그 펜션이었고 클로딘의 기억과 데생이
정확하게 일치했다.
눈에 보이지 않는 주술사들이 우리 머리 위에서 춤을 추고, 우리를 홀리기
위해 가장 자극적인 우연들에 불을 지피누나.

피에몬테에 있는 베르두노 마을의 집

191

바놀쉬르세즈

르 바르에 있는 마르틴의 집

오래된 올리브 나무들

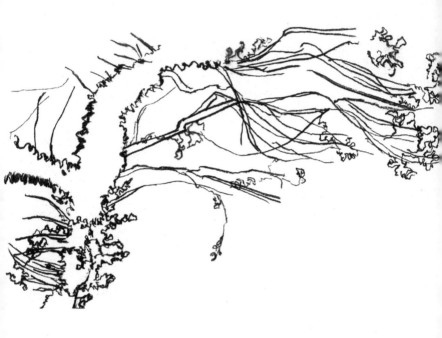

강 위로 늘어진 나무
(오른쪽) 샤토두블의 협곡

프랑스어권 스위스의 노종이 내려다보이는 절벽에서
(오른쪽) 레망 호숫가의 모르주 근처

대실패

그 누가 프랑스인만큼 가벼울까?
그 누가 프랑스인처럼 곤돌라를 보겠다고 베니스로 가겠는가?

보브나르그Vauvenargues
『성찰과 잠언의 역설*Paradoxes, mêlés de Réflexions et Maximes*』, 1746

피사의 중세 석상들

마침내, 우리는 떠난다. 행선지는 이탈리아. 자동차를 한 대 빌려 아브루초로 가는 고속 도로로 들어선다. 첫날 밤 우리는 알렉산드리아와 피아첸차를 지난 뒤, 파름이 나오기 몇 킬로미터 전에 위치한 톨게이트를 빠져나온다.

분주한 운전자들 사이로 끼어든 우리를 대번에 가을밤이 감싸 오고, 운전자들은 신호등과 원형 교차로 사이를 요리조리 빠져나가 언덕 위로 끝없이 펼쳐진 추하고 울트라 모던한 자신들의 주거지로 돌아가려고 서두른다. 예전에는 그 언덕 위로 트랙터들의 검은 실루엣이 뚜렷했었는데.

권해 주는 대로 『여인숙과 농가 민박 안내서』를 샀건만, 알고 보니
형편없는 충고였지 뭔가. 전화 통화를 한 여인숙 주인은 우리를 받아
주기는 하겠는데, 저녁 8시를 넘기지 말고 식사 시간에 맞춰 오라는 조건을
내건다.

눈에 번쩍 띄게 화려한 빌라들의 사유 도로들과 부분적으로 폐쇄된 농로들
사이로 끝나지 않을 보물찾기 놀이를 하고 난 뒤, 우리는 이 여행의 첫 번째
목적지에, 원칙주의자들이 운영하는 번쩍거리는 고탑 앞에 도착한다. 정각
8시다.

여러 종류의 국수, 고기, 야채, 포도주, 차. 전부 〈바이오〉이고, 전부 집에서
만든 거다. 이곳에서는 먹는 것은 먹는 게 아니다. 묵상이다. 여주인이
음식을 나른다. 그녀는 간호사처럼 일회용 위생 모자를 쓰고 있다.

부엌은 금욕적인 느낌이고, 벽에는 투박한 쇠스랑이 장식으로 걸려 있다. 손님으로는 독일인 부부 한 쌍, 그리고 바이에른으로 이주한 시칠리아인 부부 한 쌍이 있다. 그들이 물가에 대한 대화를 시끌벅적하게 나누는 바람에 우리는 식욕이 싹 사라진다. 시칠리아인 부부는 결혼 25주년 기념 여행 중이다. 자신들의 위업을 보다 두드러지게 하려고 목걸이, 펜던트, 금팔찌를 여봐란 듯이 걸고 차고 있다. 그들은 마치 자신들과는 무관한 농담이라는 듯이 마피아 이야기를 하면서 웃어 댄다. 그들과 마찬가지로 이탈리아 출신인 레오나르도 샤샤의 환멸 섞인 지적이 생각난다. 「이제, 우리는 어찌나 심오하신지 더는 아무것도 보지 못한다. 깊이, 깊이 내려간 바람에 우리는 푹 잠겨 버렸다. 〈가벼움〉이기도 하며, 〈가벼운〉 상태로 있을 줄도 아니, 오로지 지성만이 피상성, 상투성을 향해 다시 솟구치기를 기대할 수 있을 뿐.」

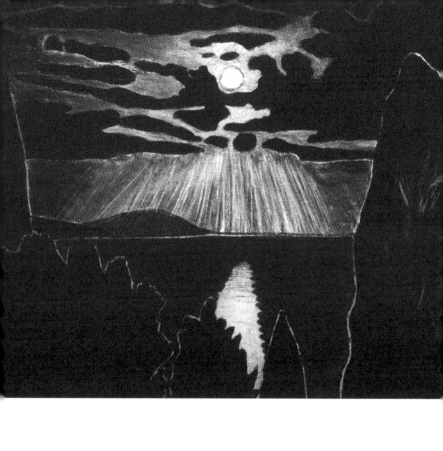

자러 간다. 별들마저도 하나하나 되살아났던 그 하늘 아래서, 그 뻐기는
듯한 침묵 속에서, 눈을 감고 참을 청하기란 불가능.
아침 식사 시간이다. 분위기는 싸늘하다. 식빵, 크루아상, 마멀레이드. 전부
1인분씩 담겨 있다. 씹는 행위에도 엄청난 값이 매겨질 것만 같다. 그곳을
떠나면서 우리는 정원을 향해 깊숙이 절을 하고, 가축들과 그 중세풍의
과장됨에 경적을 울려 댄다.

우리는 행선지를 바꾸기로 결심하고 카라레, 마사 그리고 피에트라산타
― 요즘의 솜씨 나쁜 조각가들이 모두 모이기로 약속이라도 한 듯한 기분
나쁜 작은 마을 ― 까지 내려간다. 이곳에는 더 이상 고풍스런 호텔들이
존재하지 않는다. 다소 호화롭다 싶은 호텔들은 로비에 들어서면 선뜻한
느낌이 들고, 공기 중에 락스와 왁스 냄새가 뒤섞여 떠돌며, 침대는
삐걱대고, 오래된 곰팡이 냄새가 나며, 배관이라고는 모두 끔찍한 실수가
아닌 적이 없었다.
여름 시즌이 끝나서 바닷가 호텔에는 인적이 없다. 약간 높은 지대로
올라가 보니 될 수 있으면 신흥 부자 티를 내지 않으려는 농부들이 개,
경비원, 카메라가 감시 중인 폐쇄된 개인 소유지 한복판에 숨듯이 살고
있었다.

20년간 폐허였던 곳을 수리하여 객실로 꾸며 놓은 곳인데, 아기자기하나
왠지 불편하고 창문은 쇠창살로 막혀 있다. 인상이 그다지 좋지 않은
부부가 우리를 맞는다. 이곳에서는 아침 식사가 제공된다.

아침 식사 시간이다. 식탁에서는 각자 남의 시선을 끌지 않으려고 애쓴다.
어쨌든 입을 열어야만 한다. 그래서 과거의 근사했던 여행, 지금 하고 있는
여행(근사하기는 마찬가지인), 그리고 앞으로 할 여행(그 또한 근사할
터인)에 대해 이야기를 한다. 진부한 말은 의무이다.

그 광신적인 마르틴 루터가 이미 1510년에 로마에서 관광객 무리에 대한
경멸을 표한 적이 있는데, 우리는 더 이상 그런 〈관광객〉조차 못된다.
〈여행객〉에도 훨씬 못 미친다. 우리는 누구인가?

어차피 시작한 여행, 우리는 피사를 향해 출발한다. 미라콜리 광장의 과거의
영화(榮華)를 향한 길에는, 사탑 아래 무리지어 개미 떼처럼 우글거리는
관광객들, 나른하게 흐르는 강을 따라 폐허가 된 강변, 주차장 그리고
아프리카 출신 불한당들이 갈취해 가는 자동차들.
성채 발치에 이를 때쯤 우리는 좌초한 영혼. 이탈리아 전체를, 그 정돈된
무질서를, 그 얼렁뚱땅 넘어감을, 피폐하나 가난뱅이들 앞에서 으스대는
그 부르주아들을 싸잡아 저주할 준비가 된 성난 영혼이 된다. 해수욕객이
사라진 지저분한 가을 바닷가. 미지근한 비를 맞으며 길게 뻗어 나간
〈알 덴테〉 고속 도로들. 가소롭지만 초강력 트럭들이 마구 몸을 던지는
교차로에 이르면 서로 들러붙어 버리고 마는 그 고속 도로들.

우스꽝스러운 모습의 이탈리아를 미워한 나머지 끝내 우리 자신마저도 미워져 버린다. 모든 것이 우리에게는 적대적이 된다. 〈안티파스토〉를 입에 넣기만 해도, 파스타를 한 입 먹기만 해도, 튀김 요리를 조금 입에 대기만 해도.

커플, 그건 증오, 살인적 광기 그러고 나면 서로에 대한 연민, 자신들의
모습을 보여 주는 패러디로부터, 여행 중인 나라가 고약한 영감을 불어넣어
탄생한 그 패러디로부터 순간이나마 벗어나고자 되살려 본 애정. 거대한
상점의 이동식 선반 사이로 우리는 여행한다, 아니 차라리 흐느적거리며
돌아다닌다. 보이느니 옷들! 여전히 옷들! 바지를 삼켜 버리고 치마를
짓씹어야 하는가 싶을 정도니…….

유감이야. 내가 말했다. 그 붉고 누런 대지를, 그 황금빛 모래를, 사람들의
발걸음에 다져져 반들거리는 보도를, 그런 보도를 품고 있는 그 골목길들을
그토록 오랜 세월 동안 이리저리 걸어 다녔는데, 이제 그 나라를 포기해야
하다니 유감이야. 하지만 그 어떤 나라인들, 빠르든 늦든, 그런 포기를
불러오지 않겠는가?

루카에서는 텅 빈 작은 박물관 한가운데 나무에 색칠해 만든 그리스도가
꼿꼿하게 서 있지만 그 누구를 위해서도, 경비원을 위해서조차도 눈물을
흘리지 않는다. 경비원 역시 아주 오래전부터 더는 그에게 경의를 표하지
않는다. 그도 경비원도, 둘 다 엉덩이를 걷어 차인 뒤 은퇴하게 될 것이다.
우리는 라커 칠한 길바닥을 팔랑개비처럼 뱅뱅 돌며, 진열창만 나오면
그러고 싶은 생각도 없으면서 들여다본다. 전부 판매 대상이다. 팔지 않는
게 없다. 뚝뚝 듣는 우리 영혼은 우중충한 가을 속으로 스며든다.
우리는 옛 왕립 학교를 개조한 유스 호스텔 1층에 묵는다. 객실들은 천정이
너무 높아 춥고, 벽은 헐벗고 쓸쓸한 것이 힘들지 않고도 그런 모습이
되어 버린 오늘날의 이탈리아 같다.

손짓과 몸짓이 유난한 이 민족은, 사람들이 말하는 대로라면 예술을 위해 태어났다. 하지만 유약함과 게으름 ― 아무것도 하지 않고 노는 것을 사랑하니까 ―, 그리고 권태와 어쩌면 환멸 때문에 예술을 망각하는 것도 그만큼 잘 알고 있다. 그 민족이, 자신들에게 영광을 안겨 줬으나 현대적 삶에 의해 매일매일 죽음을 향해 밀려 가는 과거를 증오하지나 않을지 그 누가 알겠는가? 세련된 도시의 레스토랑들조차도 진부하고 가격은 엄청나다. 이탈리아는 스스로를 팔아먹었다. 이탈리아는 육신을, 전설적 관능미를, 웃음을, 열정을 그리고 환대의 정신을 도둑맞았다. 사건 종결. 이탈리아에는 찡그림만이 남아 있다.

이제 식탁에 앉아서, 이 아기자기한 무염 빵을 조금 갉작인 뒤 기름이
흥건한 안티파스토와 맵싸한 살라미를 공격하자. 포도주 한 잔?
좋아, 한 병으로 하지. 수비토*! 이번에는 프리미 피아티 순서로군.
오만가지 소스와 짝을 이루는 그 영원한 스파게티와 마카로니라.
파파르델레만은 독특한 맛이다. 얇고 가벼우며, 그리고 흔한 맛이라고
할 수 없는 뭉근히 익힌 토끼고기 맛이 난다.

★ subito. 이탈리아어로 〈어서〉, 〈빨리〉를 의미한다.

이제 두 번째 요리로 넘어갔지만 대체로는 여전히 실망스럽다. 풀밭에
놓아 키운 송아지 고기와 숯불에 구운 닭고기는 먹을 만하다. 감자는
흐물거리고, 시금치는 버터와 소금이 너무 많이 들어갔고 쓴 맛이 난다.
토마토, 가지, 호박은 식상한 맛이다. 반면 식재료의 미감이 그대로 살아
있는 회향은 뛰어나다. 식사 마무리로 플랑과 케이크, 아이스크림이 나온다.
이쯤 되니 죽는다는 것이 마침내 의미를 띠게 된다. 나는, 우리는 이 맛들을
사랑했었다. 무슨 의미냐고? 이제 그런 맛들에서 즐거움을 느끼는 일이
더는 없고, 혹은 아주 드물다는 것.

산타마르게리타 리구레 근처

나는 최근에, 자크 메르캉통Jacques Mercanton이 1966년 봄에 쓴 이탈리아 여행기를 재미있게 읽었다.

제임스 조이스의 찬미자이자 정통한 단테 전문가인 그는 동성의 젊은 연인과 함께 이탈리아 일부를 가로지른다. 그는 여행기에서 종교 유적지를 방문한 이야기나 그의 눈길을 끈 젊은 남자들의 벌거벗은 다리나 육체에 관한 이야기를 건너뛰는 법이 절대로 없다.

메르캉통은 야외에서 까먹는 도시락에 심취한 것 말고도, 특히 고속 도로변의 주유소 식당들을 즐겨 찾은 듯하다. 그는 베수비오 산록에서 생산되는 사향 포도주 라크리마 크리스티를 즐기는데, 이미 1811년 스탕달은 이 막포도주는 평범한 부르고뉴 포도주에 설탕 2리터를 들이부은 것 같은 맛이라는 비교를 남겼다.

메르캉통은 그가 들렀던 고속 도로변 주유소 식당에 앉아 〈발랄하게 꽃
장식이 된 테이블들〉이라고 묘사한다. 스위스 로잔 출신의 이 작가는
개신교 문화에 익숙하나 종교 개혁은 끔찍스러워한다. 그러니까
청교도풍의 소박한 〈요리〉도.
에르네스트 르낭처럼, 그 역시 이탈리아 사람들의 정교한 제례에는 ―
그리고 절대적 우위를 누리는 그들의 요리에는 ― 뭔가 선량하며 이교적인
구석이 있다고 본다. 〈대중을 위한 기독교〉는 그가 보기에는 말도 안 되는
소리이다. 라틴어 포기를 비롯해 제례 개혁의 움직임은 그로서는 참을 수가
없다. 〈하나님은 사람들의 마음에만 깃드신다. 어떤 사람들의 마음인가?
그건 하나님만이 아신다.〉
하지만, 제기랄, 메르캉통과 그의 연인은 이런 고속 도로변 식당에서 대체
뭘 먹을 수 있었을까?
새로운 이탈리아에 시달린 레아와 나는 예상보다 일찍 ― 이 시기에 장모
바리아의 상태가 좋지 않다는 소식이 온다 ― 귀로에 오른다. 피에몬테
북단을 지날 때, 환멸에 젖은 우리는 고속 도로에서 벗어나 관광객의
물결이 미치지 않는 소박한 식당을 찾아보기로 결심한다.

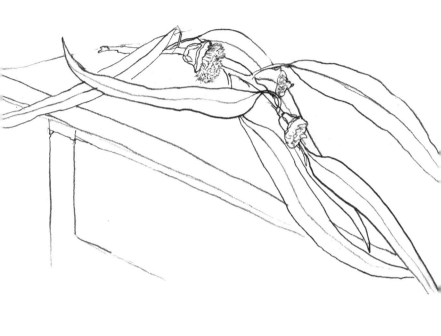

친퀘 테레에서

그곳에 기적이! 우리가 알던 그 이탈리아가 여전히 존재한다!
이탈리아인들이 그 사실을 몸소 보여 준다! 우리의 행복은 우리의
원념만큼이나 높이 솟아오른다. 피스타치오색으로 단장한 커다란 홀에
장거리 트럭 운전사, 마을 사제, 서민들이 들락거리는 가운데 우리 앞에
향토 음식이 나온다.
식초를 살짝 친 훈제 송어, 살사 베르데 그러니까 진정한 알 라구 소스를
뿌린 누른 송아지 머리 고기, 완두콩, 잠두콩, 흰콩, 집에서 키운 야채, 그
지역에서 나는 이름 없는 포도주, 그것도 고리짝 가격으로.

과거를 그리워하는 것은 내 보기에 전부 미심쩍다. 하지만 베니스의
홍겨움만큼이나 적자색 하늘을 가로지르는 혜성에도 감격할 수 있는
스탕달이 말한 대로라면 단순한 행복, 그 〈생생하고 순수한 감각〉은
무엇으로 만들어지는가? 〈그곳에서는 어찌나 쉽게 사람을 사귈 수 있는지
놀라울 정도이다. 어떤 여인 곁에 가서 앉는다. 그러고는 격의 없이 대화를
섞는다. 그런 일이 서너 번 반복된다. 그러다가 서로 마음에 들면 그녀의
집으로 간다. 보름 동안 곤돌라에 오르자마자 그녀의 거기를 문댄다.〉

포르토피노 근처

난, 사랑에 빠졌던 것 같다.
(I WAS, I BELIEVE, IN LOVE)

사랑에 빠져 행복한 사람들은 엄청나게 사려 깊은 표정을 띠기 마련인데,
프랑스 사람에게 그것은 곧 엄청나게 슬픈 표정.

스탕달Stendhal
『사랑에 대하여De l'amour』, 드레스덴, 1818.

리옹 역 트랭 블뢰의 대형 거울에 비친 모습

파리의 이에나 다리

평생 한 남자만을, 한 여자만을 사랑한다는 말을 종종 듣는다.
카를 크라우스는 거기에 이런 말을 덧붙인다. 〈남자를 사랑하는 여자는
한 남자만 사랑한다.〉 또한 우리는 한 도시만을 사랑한다.
아름다운 말들이다. 논란의 여지야 무척 많지만. 레아는 로잔을 사랑하지만
만족은 못한다. 나는 강도 없고 개울도 없으며, 성가신 인물을 어느
길모퉁이에서 만나든지 하루에 열 번도 좋다며 칼뱅주의자다운 고약한
미소로 입귀를 비틀며 코가 땅에 닿게 절을 해야 하는 그 언덕투성이
고장을 그다지 높이 사지 않는다. 나는 토리노만 사랑한다.
그런데 레아와 나는 파리에 산다. 나는 파리 출신이지만 레아도 나도 이
도시를 별로 좋아하지 않는다. 비길 데 없이 옹색한 도시. 이곳에 사는 보통
사람들은 환기도 되지 않는 굴속 같은 데서 살면서도 정말이지, 프랑스에서
가장 잘난 인물들인 양한다. 이곳에서는 즐기자니 괴롭고, 덜 괴로워하자니
즐긴다.

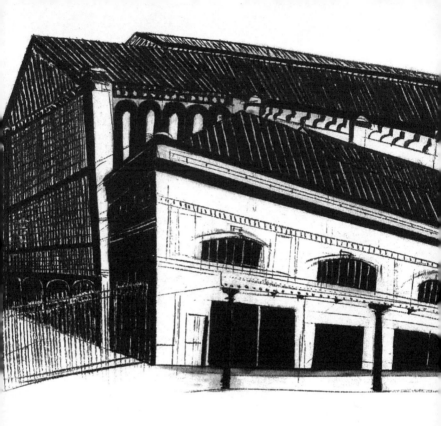

오스테를리츠 역

젊어서 스탕달은, 뱃멀미 ─ 야릇하게도 ─ 를 안겨 주는 자신의 고향
그르노블만큼이나 파리라면 질색을 하는 일이 가끔씩 있었다.
그는 밀라노에, 처음에는 어떤 밀라노 여인에게 완전히 꽂혔다. 비록
그의 계명들 중 첫 번째 계명대로, 푹 빠진 여인들이 열두 명에 이르지는
않았지만. 〈어떤 도시에 도착하면 나는 우선 이런 것들을 묻는다. 첫째, 가장
예쁜 여인 열둘은 누구인가? 둘째, 가장 부유한 남자 열둘은 누구인가?
셋째, 내 목을 매달라고 시킬 수 있는 남자는 누구인가?〉

밀라노, 스탕달이 가장 큰 쾌락과 가장 큰 고통을 겪은 곳. 밀라노, 자신의
타고난 성향대로 〈열정적이고 유약한〉 생활에 젖어, 오랫동안
사랑의 열정과 극장이나 음악회에서의 희열로 점철된 삶을 살아가게 될 곳.
파리, 그는 그 도시를 추하다고, 심지어 자신의 고통에 대한 모욕이라고
여긴다. 그는 파리에 대해 끔찍한 혐오를 느끼며 〈정신적 측면에서는〉 그
도시를 늘 경멸했고, 〈물질적 측면에서는〉 산이 없어서 참을 수 없었노라고
덧붙인다. 그는 불로뉴 숲에서처럼 몽마르트르에서도 너무 불행하여 〈그
사랑스러운 장소들〉마저도 끔찍하게 여긴다.
샹포르 역시 그와 같은 의견이다. 〈파리, 재미와 쾌락과 기타 등등의 도시.
하지만 그 주민의 5분의 4는 슬픔으로 죽어 간다.〉

리옹 역

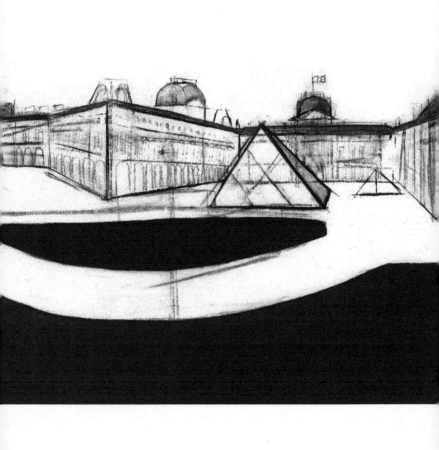

파리 사람들의 미덕에는 〈연극〉적 요소들이 너무 많다. 파리 사람들이라니!
스탕달은 그들을 증오한다. 그들의 〈프랑스적 정신〉을, 그들의 세련된
취향을, 그들의 회색빛 모자를, 다시 권좌에 오른 부르봉 왕가의 악취
풍기는 진창 앞에서 그들이 내보이는 비겁함을, 그들의 문인들을 증오한다.
그는 볼테르는 유치하고, 스탈 부인은 허풍스럽고, 보쉬에는 뻣뻣한
농담이나 한다고 생각하는 반면 라퐁텐, 코르네유, 몽테스키외는 열렬히
좋아한다.
파리 사람들, 그는 그들이 문학에서만큼이나 사랑에서도 산문적이고
진부하다고 평가한다. 그들의 연극을 볼작시면, 그에게 그것은
〈보드빌vaudeville에 다름 아니다.〉
그가 보기에, 야유의 휘파람 소리가 들리지 않게 된 뒤로 더는 배우들이
존재하지 않는다. 그리고 프랑스의 예술인들 ─ 그가 입에 올리는
예술가들은 이미 고인이 된 사람들뿐이다─ 은 〈잘 차려입은 스스로가
어색한 노동자들〉일 뿐이다.

루브르 박물관의 피라미드

241

스탕달은 자신을 사랑하지 않는다. 타인 역시 사랑하는 법이 드물다. 늘 자유롭고, 오만하고, 냉소적이고, 불평이 많고, 부당하고, 다감하며, 원한을 오래 품지 못하는 그는 대놓고 타인들을 비웃는다. 그는 자신의 삶을 뛰어난 실패작으로 만들어 나간다.

루브르 박물관의 카루젤

로댕 미술관 정원

그의 삶. 간단히 그의 삶을 보자.

본명이 마리앙리 벨인 스탕달은 1783년 1월 23일,
그르노블의 레 비외제쥐트가에서 태어난다.
그의 아버지는 이름이 쉐뤼뱅이다. 2품 천사라니. 무미건조하고 완고하며,
검사나 변호사 ── 일찍이 그가 들어선 두 가지 직업 ── 들이 그렇듯이
지독하게 당당한 이 도피네 지방 사람의 이름치고는 귀엽다. 스탕달의
아버지는 분지 그르노블에서, 베르코르 산악 지대의 거칠고 황량한 고원
출신인 그의 선조들, 그 근면하고 검소하고 폐쇄적인 완고한 사람들이
바람에 실어 보내는 망자의 목소리를 듣는다. 반면에 그의 아내 앙리에트
가뇽은 우아하고 포동포동한 몸매에, 비록 남편을 사랑하지는 않지만
행복해하며, 오롯이 순간의 기분과 관능에 몸 바친다.

피렌체 혹은 몬테풀치아노 출신 ― 그녀의 아들이 이탈리아에 대해
품는 무한한 끌림에 대한 설명이 될 수도 있으리라 ― 인 그녀는 교양이
있고 시인들과 알고 지내며, 단테를 원어로 읽는다. 스탕달은 세상 그
무엇보다도 어머니를 더 사랑하게 되리라. 훗날 그는 어머니에 대해 늘
이렇게 말하게 된다. 〈어머니를 미친 듯이 사랑했다.〉
고작 그가 일곱 살이었으니, 어머니의 이른 죽음은 그로서는 위로할 길 없는
상실이다.
아, 이 어린아이가 어머니에게 키스를 퍼부은 것이 그 얼마이던가! 특히
어머니의 가슴에. 거기서 좀 더 나갈 수 있었더라면 어린 스탕달은 어머니를
발가벗기기까지 했으리라.
거기에는 〈순진한 근친상간의 싹〉이 ― 스탕달이라는 인물에 대해 가끔씩
그런 평이 들려오듯이 ― 들어 있다.

오스테를리츠 다리에서

하지만 스탕달은 그 무엇보다도 정통 사랑주의자이다. 본의 아니게 독신으로 지냈지만, 길들여지지 않은 방탕한 인물인 그는 조금도 의심을 살 만한 구석이 없다. 그러니까 그에게 사랑은 가장 중요한 일, 아니 차라리 〈유일하게〉 중요한 일이다.

영원히 만족할 줄 모르며, 태어날 때부터 지나치게 통통하고 얼굴은 큰데다 머리숱이 적은 그 소년은 보통의 갓난아기들보다 훨씬 못생겼다는 말을 들었지만, 보기 드문 관대함으로 역경에 맞서며 조롱에도 끄떡하지 않을 것이다.

물론 그의 인간 혐오증, 갑작스레 표출되는 오만, 명석함이 그를 감성 과잉으로부터 보호해 준다.

그는 스스로에게 자신의 신조를 되뇌듯하다. 〈이 세상에서는 모든 것이 우스꽝스럽다.〉

JE
PEN-
-SE
TOU-
JOURS
À
TOI

(그림 안) 나는 늘 너를 생각한다

루브르 박물관에서

그가 반한 젊은 여자들은 모두 몇 명일까? 그를 거부한 여자들은 모두 몇 명일까? 그의 연애 사건은 하나하나가 모두 요란하기 짝이 없다.

1802년에는 그 유명한 빅토린 무니에가 등장한다. 그녀가 파리로 떠난다. 그가 그녀를 따라간다. 그녀가 렌으로 떠난다. 그는 그녀를 따라가지 않는다. 그동안 그는 사촌들 가운데 한 명인 스물네 살의 아델 르뷔펠에게 구애하고, 그녀는 그의 수작에 넘어간다.

한편, 그가 빅토린에게 바치는 사랑은 플라토닉한 상태로 유지될 텐데, 자잘하지만 흥미로운 사실 하나는 스탕달이 그녀에게 직접 편지를 건넨 일은 절대로 없다는 것. 그는 늘 빅토린의 남자 형제인 음울한 에두아르, 그 뚜쟁이를 통하는데, 이런 일은 무려 3년간이나 지속된다.

갈리에라 궁, 의상 박물관

어쩌면 스탕달에게는 그를 기사도풍 사랑에 비끄러매는 어떤 성격적
특징이 있는지도 모르겠다. 여자 그 자체보다 욕망의 대상이 되는 여자라는
〈관념〉을 더 좋아하는 일이 종종 있는 걸 보면 말이다.

그의 전기 작가들 중 한 명인 폴 아르블레는 이렇게 덧붙인다. 〈빅토린은
예뻤던가? 벨은 그 문제를 분명히 하려는 생각조차 하지 않았다. 그로부터
2년 뒤, 때늦었다고 하지 않을 수 없는 불안감을 품고, 자신이 아름다운
영혼에 어울리듯, 빅토린이 가녀리고 호리호리한지 혹은 입을 가볍게
놀리는 친구가 묘사한대로 뚱뚱하고 상스러워 보이는지를 자문한다.
벨이 추녀를 사랑한 건지 아닌지, 스탕달만큼이나 우리 또한 결코 알 수
없으리라.〉

1804년에 그는 여배우 멜라니 길베르 — 무대에서는 루아종 혹은 드
생탈브 양으로 불린다 — 에게 반한다. 그는 리옹으로, 마르세유로 그녀를
쫓아다니고, 결국 마르세유에서 정부로 삼는다.
하지만 곧 연애 사업은 부진에 빠진다. 빅토린의 완벽한 침묵, 아델의 변덕,
멜라니의 권태.
브라운슈바이크에서 그는 빌헬민 드 그리스하임에게 치근덕, 아니, 그게
아니지, 끈질기게 들러붙는다. 안타깝게도, 달콤한 밀회에도 불구하고
그녀는 넘어오지 않는다.

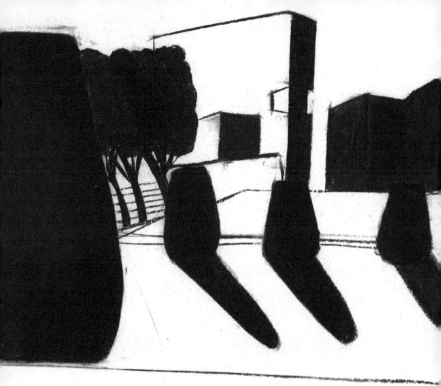

대학촌

그로부터 며칠 후, 그는 할버슈타트에서 사촌 누이들 중 한 명인 다뤼
백작 부인과 재회한다. 그녀의 이름은 알렉상드린테레즈로, 엄혹한 피에르
다뤼 백작 ― 스탕달의 보호자로 나폴레옹 치하에서 장관이 된 ― 의
아내이자 여섯 아이의 어머니이다. 두 사람 사이에 모호한 우정이 자리 잡게
되고, 이 가벼운 사랑은 그 뒤로 적어도 5년 동안은 유지될 것이다.
그는 그녀로부터 거절당하기 전에 비엔나에서 랭드르 대령이라는 사람의
정부인 바베라는 여인과 연인 사이가 된다. 질투에 사로잡힌 랭드르 대령은
결투를 신청한다. 스탕달은 달아난다.
1811년, 그는 이번에는 앙젤린 브레테르라는 배우와 동거에 들어간다.

여전히 같은 해 5월 31일, 센 강가 베슈빌에서 스탕달은 마침내 2년 동안의
머뭇거림에 종지부를 찍고 사촌 알렉상드린 다뤼에게 사랑을 고백한다.
당시 그녀의 나이 28세로 스탕달과 동갑이며, 육감적인 몸매에 가슴이
풍만하고, 열정이 넘치다가 갑자기 우수에 젖는 모습을 보인다. 스탕달은
그녀가 자신의 격정적 성격이나 자신과의 대화에 무심하지 않다는 것을
알고 있다. 결심이 섰다. 오늘 그녀에게 자신의 감정을 밝히리라!
여느 때나 마찬가지로 용의주도한 동시에 우유부단하니 스탕달은 그날의
기분이나 상황에 따른 두 가지 선택 문구를 연필로 썼다.
아침 나절에 알렉상드린테레즈는 어젯밤이 고약했노라고 말한다. 아마
〈울었겠지〉, 그는 생각한다. 오후에는 하프를 켜면서 노래를 한다.
그녀는 스탕달을 열렬한 시선으로 바라본다. 그는 이렇게 기록할 것이다.
〈달아오른 진지한 눈빛으로 빠히 쳐다봄. 창백한 낯빛. 갑작스런 고갯짓들.〉

대학촌

저녁 식사 후 그녀는 일어서서 그에게 부탁한다. 「사촌, 나랑 조금
걸어요.」 두 사람은 채소밭으로 나간다. 대화는 당혹스럽고 나아가 약간
어리석기까지 하다. 갑자기 결심이 선 그가 이렇게 고백한다. 「당신은 내게
우정만을 품고 있지만 난, 당신을 열렬히 사랑해요.」
그는 그녀의 손을 잡고 키스하려든다. 그녀는 그를 밀어내며 그저 이렇게
대꾸한다. 「사실, 난 당신에게 우정만을 갖고 있어요, 사촌.」
두 사람은 그 상태에 머물게 될 것이다.
단 한 번도 스탕달의 열정에 넘어가지 않았던 그녀는 4년 후, 서른둘의
나이에 죽음을 맞는다.

하지만 9월 21일 — 여전히 1811년이다 —, 11년간 의기소침과 분노를 반복하고 난 뒤에, 안젤라 피에트라그루아가 마침내 그에게 넘어온다. 스탕달은 감격에 겨워 자신의 멜빵에 그 날짜를 적는다.

그는 이렇게 이야기할 것이다. 〈이번 승리는 쉽지 않았다. 10시 15분 전에, 그녀가 살고 있는 메라빌리 가 귀퉁이의 작은 성당으로 갔다. 10시를 알리는 종소리를 듣지 못했지만, 내 시계로 10시 5분이 막 지났을 때였다. 그녀가 손짓을 했다. 아주 진지하게 윤리적 차원의 말다툼을 벌이면서 불행하며 거의 절망에 빠진 남자의 모습을 보이자, 그녀가 마침내 내 것이 된다. 11시 반이었다.〉

트로카데로

그는 11년 전, 1800년 5월 7일 — 그가 열일곱 살 때 — 에 밀라노로
떠났는데, 아이스크림과 특히 그 어떤 요리보다도 좋아하는 알라 밀라네세
돼지갈비 튀김 요리를 잔뜩 먹기 위해서였다.
그는 매일 저녁 무도회장과 오페라 극장에서 찬란하고 도도하며 험담을
즐기고 바람을 피우는 롬바르디아 여인들 — 이 여인들에게는 정부를 갖는
것이 흔한 일이었다 — 과의 만남에 흠씬 취해 있었다.
그가 기거하던 곳은 혼자 살기 좋은 작은 방이었다.

어쨌든 그에게 가장 커다란 행복과 불행 전부를 안겨 줄 밀라노
여인을 만나게 되는 곳은 레푸블리카 궁정의 정원에서다. 날씬한
몸매에 머리카락은 갈색이고 이루 말할 수 없이 관능적이며 스탕달이
초자연적이라 평한 아름다움의 소유자이자, 탐욕스러운 눈빛에
결혼했으나 정숙하지 않다는 평판이 도는 그녀는 전 이탈리아를 흔들어
놓을 이름을 갖고 있다. 안젤라 피에트라그루아.

그녀는, 말투에 사부아 지방의 억양이 배어 있고, 참을성은 없고, 태도가 어눌하며, 두 뺨은 통통하고 혈색이 좋으며, 목은 짧고, 어깨는 약간 굽었지만 널찍하며, 배가 불룩 튀어나온 — 무성한 검은 색 구레나룻에 뒤덮인 이탈리아 푸주한의 얼굴 — 프랑스 젊은이의 구애를 오랫동안 즐기게 될 텐데, 그녀에게 진지한 애정이 전혀 없다고는 할 수 없다.

스탕달의 눈길은 저절로 그녀에게로만 향하고, 그에게 밀라노는 세상에서 단 한 명뿐인 여인, 안젤라라는 유일한 이름이 되리라.

그런데 잔인하게도 스탕달에게 가까이 다가오라고 청해 놓고서는 11년이라는 세월 동안 그를 일정 거리에 묶어 두는 데 그 기회를 이용하다니, 그 여인은 대체 그 무슨 수작을 부린 건가?

물론, 그 여인은 한 번, 두 번, 여러 번 스탕달에게 자신을 내주게 되리라. 하지만 그 어떤 안정적인 관계도 맺으려고 하지 않으리라.

1815년 12월 22일, 스탕달이 지나 G.라는 여인에게 푹 빠졌다고 생각하는
순간, 안젤라 피에트라그루아가 스탕달에게 결별을 선언한다.
두 사람은 다시는 만나지 않을 것이다.
낙심한 스탕달은 불행했지만 그 어떤 순간에도 그녀를 탓하지 않을 것이다.
그녀를 원망하지 않을 것이고 단죄하지도 않을 텐데, 마치 그녀에게서 받은
모욕을 몰래 즐기기라도 하는 듯하다. 훗날 그 〈루크레체 보르자 같은 행실
나쁜 고귀한 여인〉을 떠올릴 때 그의 어조에 다정함이 없지 않다.

도쿄 궁 입구

1818년, 그의 삶에 메틸데 비스콘티니라는 여인이 등장한다. 이 여인은 격렬하고 질투심 많고 소유욕 강한 바람둥이 폴란드 출신 병사와 결혼한 뒤 그의 성을 따라 뎀보우스키 부인이 된다. 그녀는 그와의 사이에 자녀를 한 명 뒀지만 가정을 떠날 참이다.

바람은 집에서 핀다는 조건으로 여자의 정부를 암묵적으로 인정하는 밀라노의 관습을 고려하지 않은 행위이다.

메틸데와의 사랑 역시 이번에도 불가능하다. 그녀는 환멸을 느낄 뿐인데, 스탕달은 그녀의 슬픈 미소에 마음을 사로잡힌다. 그녀가 자신을 조금도 사랑하지 않으며 단호하게 자신을 내친다는 사실을 깨닫지 못한다. 두 해에 걸친 애원 끝에 그는 이런 말을 하게 될 것이다. 〈만약 누군가 내 머리에 피스톨 한 방을 쏴준다면, 난 숨을 거두기 전에 그에게 고맙다고 하리라.〉

이제 1821년이다. 놀랍게도 스탕달은 갑작스레 메틸데를 마지막으로
방문한다.

「언제 다시 오시겠어요?」 그녀가 그에게 묻는다.

「다시는 안 옵니다.」

1825년 5월 초하루, 메틸데 뎀보우스키는 진심으로 애정을 쏟아 준 섬세한
그 남자를 다시 보지 못한 채 세상을 뜬다. 훗날 스탕달은 이런 말을 할
것이다. 〈나는 정절을 져버린 그녀보다는 이 세상 사람이 아닌 그녀를 더
사랑했다.〉

프랑스 국립 도서관

에펠 탑

1824년, 파리. 클레망틴 퀴리알 백작 부인이 그의 정부가 된다. 2년 동안 뜨거운 관계가 유지된다. 별다른 다툼도 없었지만 ── 굳이 밝힐 필요가 있을까마는 ── 한시적이었다.

1827년, 시엔느 출신의 젊은 여인, 줄리아 리니에리가 그의 눈에 띈다. 그로부터 3년 후, 이번에 사랑을 고백하는 사람은 여인으로, 줄리아는 스탕달에게 몸을 주기 전 사랑을 고백한다. 1830년 11월 6일, 스탕달은 즉시 그녀의 후견인인 베를링기에리에게 서한을 보내 그녀에게 청혼하나 거절당한다.

한 가지 잊었다. 바로 그 전해에 스탕달은 알베르트 드 뤼방프레와 잠깐 격렬한 열정을 불태웠다. 3개월이 될까 말까 한 기간 동안.

1832년과 1833년 사이, 그는 여러 차례 시엔느에서 줄리아 리니에리를 만난다. 두 사람의 밀회는 줄리아 리니에리가 의기소침하여 사촌 줄리오 마르티니와 강제 결혼을 해야 한다고 알려 오면서 중단된다. 그럼에도 불구하고 두 연인은 1838년과 1840년 사이에도 몰래 사랑을 나눈다. 지칠 줄 모르고, 지나치게 생생한 감성을 타고 난 그는 같은 해인 1840년에 그가 〈얼린〉이라고 이름 붙인 로마 여인에게 빠져든다.

은밀하고 씁쓸하며 욕구 불만인 게 분명하며 알려진 것이 거의 없는 사랑. 그는 『파름수도원La Chartreuse de Parme』 인쇄본에 이런 헌사를 적게 될 것이다. 〈세 명의 여인을 소유한 것과 이 소설을 쓴 것 중 어느 것이 더 좋을까?〉

그는 사람들에게 익히 알려진 특유의 유머를 발휘하여 이렇게 적었을 거다. 〈사랑에 대한 최상의 처방. 완두콩 먹기 .〉

지상의 지하철

피티에살페트리에르 병원

그는 건강이 점점 나빠진다. 통풍, 두통, 기억력 감퇴, 언어 장애. 그로부터 2년 후 파리. 뇌졸중으로 길 한복판에서 쓰러진다. 그는 프티샹 가 78번지의 낭트 호텔로 실려 간다. 의식을 되찾지 못하고 1842년 3월 23일 새벽 2시에 숨을 거둔다. 그의 나이 59세이다.

그다음 날, 그는 몽마르트르 묘지에 매장된다. 세 명의 친구가 그의 유해를
운반한다. 그의 무덤 앞에서 그 누구도 추모의 말을 하지 않았다.

판테옹 계단에서

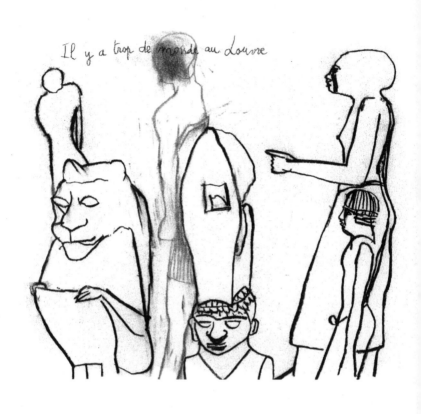

Il y a trop de monde au Louvre

(그림 안)
루브르에는 사람이 너무 많다
(오른쪽) (웃는 이모티콘)을 위해 그리고 (우는 이모티콘)을 위해

HENRY
AMOORE
Mio

POUR LE 😊
ET POUR LE 😞

포르트 도레, 오세아니아 예술 박물관의 수족관

(위) 가오리
(아래) 버섯들
(오른쪽) 전시된 뿔들

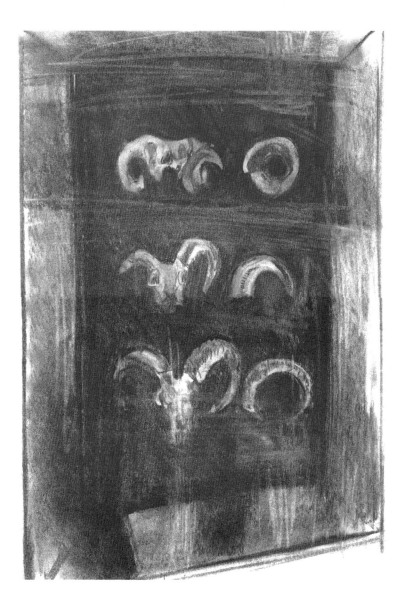

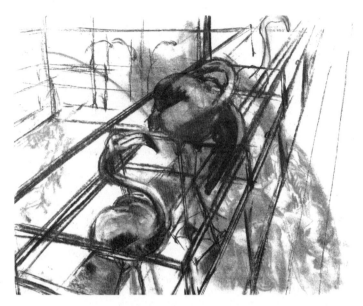

국립 자연사 박물관
(오른쪽) 진화 갤러리

파리 근교, 쏘 공원

파리 근교, 쏘 공원

케이프타운

내 것, 네 것. 「이 개는 내 거예요.」
그 가여운 아이들이 말했다.
「거기 양지바른 쪽 자리는 내 거요.」
바로 이게 대지 찬탈의 시작과 그 이미지이다.

파스칼Pascal
『팡세*Pensées*』

2008년 1월. 한 권의 책은 끝나야 하고, 그 페이지들은 넘어가고 사라져야 한다. 그러니 그 작업을 마친 뒤 몇 주 동안 희망봉 — 예전 이름은 폭풍의 곶 — 이 있는 반도에 자리 잡은 케이프타운에서, 반도의 남단 하늘 한복판에 환한 초승달이 거꾸로 걸려 있는 가운데 모순, 의무, 경악, 고뇌가 격화되는 전장에 뛰어든 남편과 아내가 왜 서로를 견줘 보지 못하겠는가? 사실 이곳의 세상은 뒤집힌 세상이다. 세면대에서 물이 배수구로 빠져나갈 때 시계 방향으로 돌아나간다. 여름, 그건 겨울이고, 동쪽, 그건 서쪽에 있으며, 보행자가 전혀, 아니 거의 눈에 띄지 않는 거리나 고속 도로에서 차들은 좌측통행을 한다. 흑인과 혼혈들만이 혼자서 혹은 작은 무리를 지어 아스팔트 가장자리를 걷는다.

「뛰어내리기 직전」, 아파르트헤이트 시절의 사진을 바탕으로.

애도의 한 해였던 2007년을 보내고 나서 우리는 프랑스 전역과 이탈리아,
키프로스, 스페인, 스위스를 끊임없이 돌아다닌 뒤 런던을 경유하여 파리를
떠난다. 런던에서는 비행기가 공항에 다가왔다가 멀어졌다가 다시 다가오며,
활주로에 들어서기 전 한 시간 이상을 공항 주위에서 맴돈다.
케이프타운발 보잉기의 2시간 연착은 흔한 일.
수십, 수백, 수천의 여행객이 면세점 구역의 세련된 박탈감 속에서, 끊임없이
이어지는 숫자 0의 행렬 속에서 헤매는 것 또한 흔한 일. 그래서 우리는
대기실로 줄행랑을 쳤다.
대기실, 암, 그게 우리에게 어울리는 삶이지.
12시간 뒤, 우리는 케이프타운을 내려다보는 그 유명한 테이블 마운틴의
상공을 날고 있다.

계류장에 안착하자마자 비행기는 연분홍빛 살색의 백인 관광객 수백
명을 토해 낸다. 그들 대부분은 적정 무게를 초과하는 짐 때문에 온몸이
뻣뻣하다. 우리가 이 세상 끝 — 비록 가소로울 정도로 그 일부만을 볼
테지만 — 에 발을 디딘 건 처음이다.

우리가 그곳에 간 것은 우연이다. 하지만 우연이란 건 없다. 몇 주 전 레아가
우리의 세금 관련 업무를 돌봐주는 바티스트에게 전화를 걸었다.

「만날 수 있을까요?」

「물론이죠. 하지만 지금 남아프리카에 있답니다. 이쪽으로 오세요.
350제곱미터짜리 집에 수영장도 있답니다. 평균 기온은 28도에서 30도
사이고요.」

「지금 진지하게 말씀하시는 거예요?」

「이보다 더 진지할 수 없죠. 남편하고 함께 오세요. 이곳 날씨가 마음에 들
겁니다.」

「난 경고했어요. 당신 말을 곧이곧대로 받아들인다고요.」

(그림 안) 얼마나 많은 사람들이 네게 〈너는 나의 대지야〉라고 말했니?

「그럼, 약속했습니다.」

이 바티스트라는 인물은 아주 묘한 인물인데, 자신들만을 위해 소유하고 싶은 나라를 〈그 나라를 미칠 듯이 사랑한다〉는 구실로 식민지로 만들려고, 혹은 한 번 더 식민지로 만들려고 찾아온 유럽인들이 그렇듯이 묘하다. 건축가, 농사꾼, 노예 제도 지지자, 선원, 군인, 경찰, 어부, 재활 치료사, 모험가, 조국을 떠난 자, 벼락부자들. 그들의 사랑에는 진실한 구석이 있고, 그들의 광기에도 진실한 구석이 있다.

바티스트는 이미 오래전에 〈벼락 맞은 것처럼〉 아프리카에 대한 사랑에 빠졌다. 그는 코트디부아르에서 살았다. 하지만 그와 그의 아내가 은퇴 후 남은 인생을 보내고 싶었던 곳은 케이프타운이다. 두 사람은 6년 전 근교에 집을 구입했다.

40년간 함께 지낸 뒤 지난 9월, 바리아가 세상을 뜨기 두 달 전 바티스트의
아내가 스위스에서 돌연 사망했다.

「내 아내, 그녀는 나의 연인, 나의 으뜸가는 친구, 내 속내를 들어 주는
사람, 나의 동업자, 내 아이들의 어머니, 나의 대장, 나의 요리사…… 였어요.」

그녀는 무섭게 번식하는, 정확히 어디에서인지는 모르겠지만 파인애플이
아닌가 싶은데, 그런 박테리아에 감염되어 죽음에 이르렀던 것 같다.
바티스트는 그 일에 대해서 더는 말하지 않을 것이다. 그는 의사들이
해주는 설명은 전혀 듣고 싶어 하지 않는다. 그에게 〈아내의 죽음을
받아들이기〉라는 것은 심리 치료사의 헛소리이다.

이런 사정으로 오늘 아침, 바티스트는 공항으로 와서 따뜻하게 우리를
맞아 준다. 우리는 그가 몰고 온 메르세데스에 자리를 잡고 앉아
〈프리웨이freeway〉 위를 달린다. 이곳에서는 각자 내키는 대로 운전을 한다.
끊임없이 차선을 바꾸며 제멋대로의 속력으로 왼쪽으로, 오른쪽으로 마구
추월한다. 사망 사고가 셀 수도 없이 발생한다.

(그림 안)
아프리카, 놀라운 아프리카, 모두가
너를 가지려 든다, 건달, 이민자, 도둑, 황제, 프롤레타리아,
큰 사람, 작은 사람, 뚱뚱한 사람, 흑인,
백인, "컬러드", 조류학자, 보어인, 영국인

바티스트

도시는 60킬로미터에 걸쳐 형성되었고, 미국식 고층 빌딩이 들어선 도심,
항구, 상점, 해변, 수천에 달하는 단층 개인 빌라, 그리고 〈타운십〉★을 이루고
있는 양철 가건물들이 끊임없이 펼쳐진다. 대부분 케이프타운과 그 근교에
형성된 타운십에는 수십만에 달하는 혼혈들, 종종 아프리카 전역에서
몰려든 추방당한 흑인들이 몰려 산다.
골프장 ── 이 나라에는 5백 개가 넘는 골프장이 있다 ── 을 지나 백인
거주지에 자리 잡은 바티스트네에 도착한다.

★ township. 흑인 거주구.

기다란 벽돌집은 담으로 둘러싸였고 문마다, 창문마다 창살로 막아 놨다. 전면에는 〈암드 리스펀스〉★라고 적힌 푸른색 바탕의 노란 팻말이 붙어 있는데, 이런 팻말은 이 나라 어디에서나 볼 수 있다.

이웃집에서는 개들이 짖어 댄다. 경비원들이 순찰을 돈다. 모든 것이 너무나 조용한 가운데, 멀리 고속 도로 위로 쌩쌩 지나가는 차량들 소리만 들려온다.

빌라 뒤로는 정원이 있다. 잔디밭, 꽃, 초목, 수영장, 울타리를 따라 심은 과목들, 완두콩 깍지 모양의 수영장.

부엌과 방에는 장식품이 없고 모든 것이 수납장 속에 정리되어 들어 있다. 그림도 거의 걸려 있지 않고, 장식품도 거의 없고, 지역에서 생산된 걸개 몇 점, 조각품 몇 점 — 가늘고 긴 모양의 원시인 상 몇 점, 개구리 상 몇 점, 영양 상 몇 점, 입구에 놓아둔 하마 상 한 점 — 과 소파 위에 놓아둔 곰 인형이 몇 개 있다.

★Armed Response, 무단 침입 시 무력 대응.

THE
BIGGEST
LOSER 비기스트 루저
SOUTH AFRICA

텔레비전을 하루 종일 켜놓는데 축구, 럭비, 테니스, 골프 경기 재방송만
한다. 바티스트는 시사 프로나 특히 사건 사고에는 관심이 없다.
우리에게 침실 2개를 내주는데, 하나는 그의 말을 따르면
〈아가씨 방〉이란다. 우리는 곧 그 방에 대해 더 많은 것을 알게 되리라.
잠깐 낮잠을 즐기고 나니 그가 우리를 데리고 쇼핑몰 주차장 앞에 있는
스낵바로 간다. 우리는 그곳에서 〈그리스식〉 샐러드를 먹는다.
우리가 쇼핑을 한 슈퍼마켓에는 북아메리카의 여느 상점에서만큼이나
물자가 넘쳐흐른다.
고객은 백인들이고 대부분이 비만이고, 계산원은 흑인이거나 혼혈이고
역시 대부분 비만이다.

흑인들과 혼혈들은 구걸하지 않을 때면 일을 하는데, 그때 그들은 느리고 태평스럽고 조금도 즐겁지 않은 체념한 표정이고, 우리 백인들에 대한 눈곱만큼의 호감도 내비치지 않는다. 가끔, 누군가 우리에게 미소를 보낸다. 그러면 왜 안 되겠는가?

명백한 점 하나. 1994년에 아파르트헤이트가 공식적으로 폐지된 후 모든 것이 변했음을 인정하는 사람에게조차도, 이 다인종 사회는 폭력적인 만큼이나 여전히 인종 차별적이다.

대부분의 백인처럼 바티스트 역시 백인하고만 교류한다. 하지만 그가 고용한 가정부들과 정원사들은 흑인이다. 그는 그들이 열의 없이 대충 일하는 것에 쉽게 열을 낸다. 그렇다 하더라도 인종 차별은 역겹다고, 그는 되뇐다. 그는 해결책이 보이지 않는 비극에 사로잡힌 것이다. 특권을 누리며 흑인을 동정하는 백인으로서 누리는 지금의 삶에 만족하든가, 흑인이 되든가. 이는 그의 꿈이다. 좋다, 하지만 어떻게?

전직 자동차 경주 선수이기도 한 그는 전속력으로 자신만만하게 달린다.
하지만 가끔씩은 찰나의 순간에 아무런 이유도 없이 위험하게 차를 몬다.
그는 운전대를 잡을 때에는 절대로 술을 마시지 않는다.
어느 토요일 저녁 술집들이 문을 닫을 시간에, 대부분 만취한 운전사들로
가득한 고속 도로에서 바티스트 그 역시 액셀을 끝까지 밟고서 지그재그로
차선을 마구 바꾸며 차를 몬다. 갑자기 경찰차들과 구급차들이 그를 추월해
지나간다. 그가 속도를 줄인다.

그는 심각한 차 사고가 발생한 것 같다고 추측했고, 실제로 몇 킬로미터 전진하니 회전 경보등 불빛을 받아 푸르스름한 어둠 속에서 가까스로 알아볼 정도인 구조 요원 한 명이 차도 한복판에서 깃발을 휘두른다. 그 옆에 천에 덮인 형체는 사망자인 듯하다. 부서진 자동차가 한 대, 아니, 두 대인가. 바티스트는 그 어떤 동요도 내비치지 않고 계속 고속 도로를 달린다.

희망봉으로 이어지는 자연 보호 지역에서 근사한 하루를 보내고 마무리할
무렵이었다. 대양, 물거품, 끝없이 펼쳐진 흰 모래사장, 오렌지 색깔과
적갈색의 바위들, 매섭게 내리꽂히는 바람, 가차 없이 내리쬐는 태양, 꽃핀
덤불숲, 이 모든 것은 황홀함 그 자체였다.
우리는 한적한 농원의 궁륭을 이룬 포도 덩굴 아래서 점심 식사를 했다.
포도 덩굴 옆으로는 서로 뒤질세라 싱싱한 활력을 내뿜는 나무들이 늘어서
있었다. 라벤더, 선인장, 무성한 식물들이 한데 섞여 있었다.
농원은 중앙아프리카에서 건너왔거나 현지에서 조각한 크고 작은 수천
개의 석상들 — 하마, 거북이, 코끼리 등등 — 이 전시되어 있는 야외
부티크로 이어져 있었다.

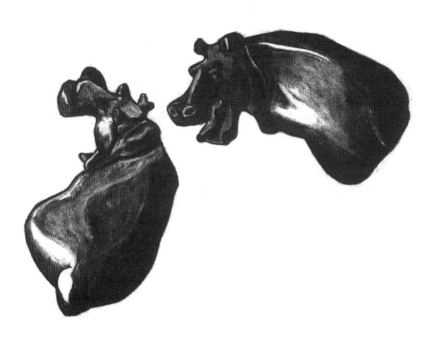

레아는 오랫동안 점원과 단 둘이서 수다를 떨었는데, 그 점원은 스물한 살 난 흑인으로 혼혈들이, 그의 표현을 빌자면 〈컬러드colored〉들이 몇 달 전 갑자기 무장을 하고 들이닥친 사건을 들려줬다. 그들은 하나뿐인 그의 누이에게 총을 들이댔다. 그의 누이는 그들에게 금고를 넘겨줬다. 그들은 누이의 머리에 총을 쏴서 죽였다. 그녀는 스물다섯 살이었다.

살인 사건 이야기를 들려주는 젊은이의 눈빛은 지쳐 보였고, 입가에 띤 미소는 울적했다.

그리고 얼마 뒤 거대한 해변은 텅 비다시피 되었고, 몇 분 뒤 때 묻지 않은 바닷가에서 사그라질 운명의 파도가 기다란 컬 클립처럼 돌돌 말린 채 밀려와 해변을 뒤덮는다.

똑똑한 돼지 이야기
(오른쪽) 1940년 경, 후트 베이의 골동품 상점에서 발견된 영국인 선원이 그린 그림을 바탕으로

우리는 어부를 위한 가건물들이 모여 있는 곳까지 걸어갔다. 깨진 병
조각들이 바닥에 널려 있었다. 흑인 몇 명이 누가 자신들의 구역으로
다가오는지 입구를 살피면서 어슬렁거리고 있었다. 환영의 기미는 조금도
없었다. 그 순간의 우리는 백인 침입자였으니까.
바티스트의 메르세데스는 이탈리아 도형수들이 절벽을 깎아 만든
꼬불꼬불 아찔한 도로 위를 질주했다.
그 당시, 영국인 간수들은 절벽 위에서 바다로 뛰어내려 탈주해 보라고
그들을 도발했다. 전해 내려오는 이야기에 따르면, 그들 가운데 그 누구도
자유를 얻지 못했다. 총에 맞아 죽거나, 악어에게 물어 뜯겨 죽거나, 성난
파도를 헤치다 기진해 죽었다.

저녁 때, 우리는 샌프란시스코의 어떤 건물을 본떠 만든 유람선 모양의 영국
레스토랑에서 저녁을 든다. 두 개 층이다. 1층에는 가난한 사람들, 가족끼리
모여 앉아 싸구려 〈피쉬 앤 칩스fish and chips〉를 삼켜 대는 흑인이나 혼혈.
2층에는 〈베리 브리티쉬very British〉하고, 오만하며, 자만심이 가득하고,
병나발을 불어 대는 고객들.
어린 선원 복장을 한 시중드는 남녀 직원이 애교를 떨며 그다지 먹을 만해
보이지 않는 수프, 그러니까 걸쭉하고 끈적거리며 아낌없이 쏟아 부은 강한
양념 맛이 물씬 나는 소스에 잠겨 헤엄치는 오징어 다리들과 생선 꼬리들,
그리고 식별이 불가능한 과일들을 넣어 온통 으깬 뒤 저급한 위스키를 뿌려
플랑베 방식으로 요리한 것을 식탁 위에 던지듯 내려놓는다. 세상의 그
어떤 영국인도 요리가 요구하는 진지함을 이해하지 못한다. 그들의 유머가
그들이 만드는 요리에 이처럼 익살스런 느낌, 장난기를 부여한다. 장난치는
법이 없는 네덜란드 음식과는 엄연히 구별된다.

스텔렌보스로 가는 길, 골프장과 포도밭

조리실를 보니, 요리장들의 변덕스런 명령에 복종하는 직원들, 그러니까 스트레스를 잔뜩 받은 흑인과 혼혈들이 기름이 타며 솟아오르는 연기 속에서, 거대한 그릴 위에서 타고 있는 해물과 고기가 풍기는 고약한 냄새 속에서 땀을 뚝뚝 흘리고 있는 것이 보인다.

그다음 날인 일요일에 우리는 오래된 독일인 가정이 경영하는 포도 농원에서 점심을 들며 실컷 먹고 마신다.

극도로 예의바르고 위생적이고 질서 정연하다. 이곳에서는 흠을 잡으려 해봤자 헛수고다. 이 지역 특산품인 피노타주는 말할 것도 없고 리슬링, 샤르도네, 피노, 쉬라즈, 메를로, 카베르네소비뇽 등을 차례차례 맛본다. 농원 사람들은 치즈와 방당주 타르디브, 백·적포도주, 로제를 생산하는데, 포도주들은 알코올 도수가 강하기는 하나 모두 맛이 기막히다.

310

포도밭

바티스트는 모듬 치즈 한 접시를 주문하고, 레아는 영양 카르파초를
고르고, 나는 독일 소시지 ― 비유가 전혀 아님 ― 의 유혹에 넘어간다.
리하르트 바그너가 몸소 팡파르를 울리며 우리와 축배를 든다.
테이블에 자리한 손님들은 정말로 너무나 뚱뚱한데, 아이들도 개들도
예외는 아니다. 일반적으로 이 고장의 백인들은 못생겼고 상스러우며
게다가 오만하기까지 하다. 고주망태가 된 영국인들과 가슴이 화끈하게
파인 옷을 입은 여자들로 터져나갈 것 같은, 〈화이트 파워White Power〉
그 자체인 바의 구석에서 발견하는 이들, 베일리스에 절어 얼굴은 벌겋게
달아올랐고, 입에는 궐련을 물었고, 스스로를 타인들과 격리시키는 무례한
발언을 조롱조로 내뱉고, 이 세상의 온갖 신들을 모독하고, 달릴 것 달리지
않은 놈들, X 같은 놈들 등의 욕설을 퍼부으며 큐를 휘두르는 인물들도
마찬가지이다.

프랑슈후크(프랑스 마을) 계곡에서

우리는 그 유명한 포도나무 길을 타고 프랑슈후크Franschhoek까지 간다. 이곳은 부유하고 깨끗한 위그노 마을인데, 최초의 농원은 1692년에 스위스 바젤 출신의 인물에게 양도되었고, 이 인물이 농원 이름을, 그 무슨 전조인지는 모르겠지만, 케르베더Keerweder, 그러니까 〈돌아와요〉라고 붙였다. 오래전에는 코끼리들만 살았다. 그래서 당시에는 그 계곡을 〈코끼리촌〉이라고 불렀다. 지금은 부유하기 짝이 없는 식민지로 포도주가, 세계 곳곳에서 수상(受賞)한 이력을 자랑하는 포도주가 넘쳐흐른다. 한때, 〈필록세라 바스타트릭스〉라는 기생충이 포도나무들을 전부 말려 죽인 적이 있다. 포도 경작자들은 과일나무들 ─ 사과, 배, 특히 자두 ─ 로 대체했고, 그 뒤 좀 더 저항력이 있다고 알려진 아메리카 대륙의 품종을 수입했다.

이곳에서는 담배 재배까지 했는데, 담배 종자는 몰래 양말 속에 숨겨 가지고 터키에서 들여왔다.

예전에는 이 근사한 계곡을 기차가 달렸다. 지금은 필요 이상으로 큰
승용차나, 오후가 끝나갈 무렵 농장 일꾼들 ― 흑인과 혼혈 ― 을 실어
나르기 위한 승합차들만이 남아 있다.

저녁에 스텔렌보스에 있는 어떤 레스토랑에 들어가니, 남아프리카
공화국의 백인 청년들이 흑인들을 놓고 이야기하면서, 그들을 비비
원숭이와 비교한다. 〈데이 아 베분즈They are baboons〉라고 웃어 대며
말한다. 이미, 그들의 선조인 초기 네덜란드 식민자들. 그들이 〈카프라리아
사람들〉이라고 명명한 사람들을 〈더럽고, 교묘하고, 남의 물건을 훔치고,
게으른〉 종족으로 간주했다. 그 선조들은 토박이들을 수천 명씩이나
살해했다.

이 백인 청년들은 흑인들이 타게 되어 있는 승합 버스나 기차, 혹은
택시를 단 한 번도 탄 적이 없다고 자랑한다. 그들은 자신들의 거대한 SUV
안에서만 안전하다고 느낀다. 어떤 〈베분baboon〉이 운 나쁘게 고속 도로를
횡단한다면, 그에게는 안됐지만 할 수 없는 일이다.

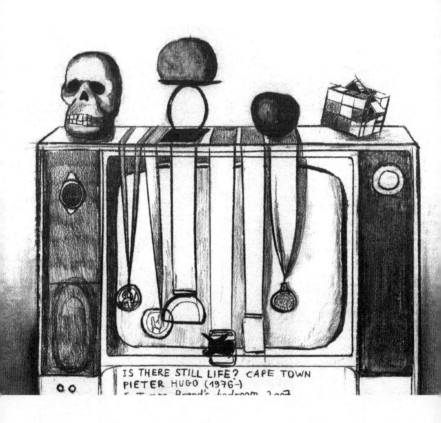

IS THERE STILL LIFE? CAPE TOWN
PIETER HUGO (1976-)

케이프타운의 전시회에 걸린 사진을 바탕으로

케이프타운에서는 최근에 유대교 예배당 옆에 유대인 박물관을 지었다. 그 옆에 홀로코스트 박물관이 잇대어 자리하고 있다. 나는 유럽의 유대인 강제 이주와 말살에 관한 자료들로 가득한 전시실과 금과 다이아몬드 보석 전시실이 뒤죽박죽 섞여 있는 것에 당혹감을 느낀다. 30년대 말, 어느 밤중에 횃불을 치켜든 나치 신입 당원들을 주위에 거느리고 있는 〈헤르 독토르〉라고 불린 인물을 찍은 사진이 있다. 이 독일 출신 남아프리카 유명인사의 사진은 세상에 널리 알려진 쿠 클랙스 클랜(KKK)에 관한 이미지들과 구별하기 힘들 정도이다. 근처 노예 박물관에는 끔찍한 체벌 장면을 형상화한 것들 말고도, 흔히 보기 힘든 19세기 혼혈 노예들의 초상을 볼 수 있다. 그 얼굴들은 절망, 망연자실을 어찌나 잘 보여 주는지. 종족과 〈문화〉의 섞임을 찬양하는 사람들의 순결주의는 나를 당혹스럽게 만든다.

1652년 4월 6일, 네덜란드 사령관 얀 반 리벡Yan Van Riebeeck은 81명의 인원을 거느리고 테이블 마운틴 발치에 닻을 내렸다. 그중에 여자가 8명이었으니, 남아프리카의 혼혈들은 모두 강간당하거나 성매매를 한 여자들의 사생 아이거나 그 후예들 ── 백인, 호텐토트, 말레이시아, 인도, 스리랑카, 마다가스카르, 중국계 혼혈 ── 이다.

혼혈들은 모두 내면 깊숙이에 이 무거운 비밀을, 그 어떤 선의로도 지워지지 않을 그러한 불행을 품고 있다. 모두가 〈컬러드colored〉들을 그 지역의 가장 폭력적인 부류로 간주하는 데 동의한다.

아프리카 지역의 유대인들이 그 어떠한 섞임도 배제함으로써 자신들의 제의가 영원히 계속되게 하고, 자신들의 드라마를 재건하는 데 성공한 반면, 〈컬러드〉들은 역사도, 전통도, 문화도, 공통의 종교도 없다. 그들은 수치로부터 태어났고, 그것이 전부이다.

케이프타운의 남아프리카 박물관에 전시된「부시맨의 생활」

백인들은 이곳에 그들만의 〈신세계〉를 구축했다. 이제 그들은 모잠비크, 앙골라, 옛 로디지아 혹은 식민지였던 대부분의 나라들에서 그 신세계의 피할 길 없는 해체를 목도하고 있다. 자신들의 영화가 사실은 고속으로 돌아가고 있음에도 저속으로 돌아가고 있다고 여전히 믿으면서 말이다. 이번에는 그들이 도망갈 차례일 테고, 음울하게 비가 내리고 타는 듯이 뜨거운 여름과 긴 겨울이 교차되는 그들의 나라로 돌아가야 할 것이다. 그 무엇도, 그 누구도, 영원히 보존되는 것은 세상 그 어디에도 없다. 비만에, 치욕스러운 티셔츠를 뒤집어쓰고, 미국에서 굴러들어 온 우스꽝스러운 모자를 쓰고, 미국식 햄버거, 감자튀김, 맥주를 삼켜 대는 부시맨의 서글픈 몸뚱어리. 바로 이게 우리를 절망에 빠뜨리는 것이다.

한밤중에 잠이 깼다. 레아가 소리를 질렀기 때문이다. 「나무에 달린 열매들을 봤어!」 나는 펄쩍 뛰어오를 뻔했다. 웬 열매? 웬 나무? 레아의 두 눈은 크게 열려 있지만 잠에서 깨어나지 않는다. 레아가 한밤중에 환영을 보는 일은 흔하다. 레아는 종종 얼굴에 아무런 표정도 없이, 침대 끝에 우뚝 서 있는 남자를 보곤 한다. 바티스트네의 소위 〈아가씨〉의 방에서 잘 때 레아는 어떤 흑인이 자신에게 다가와서는, 아무 표정도 없이 꼼짝도 않고 있는 모습을 봤다. 그날 밤 신기하게도, 바티스트는 뜬눈으로 밤을 새웠다. 아침에 레아가 바티스트에게 꿈 이야기를 하자 그는 놀란 것처럼 보였다.

사실, 바티스트와 그의 아내는 어떤 백인 부부로부터 빌라를 구입했다. 그 부부의 딸이 바로 그 방에서 강간당하고 살해당했다.

「그런 꿈을 꾸는 일이 종종 있어요?」

「그럼요.」

(그림 안) 레아 훈트는 후회한다. 이제 포도주 작가 불쌍한 훈트, 그녀는 너무 마셨고 말했고 까불었다. 덜덜

(그림 안) 후, 다행이다. 꽃들이 있네.

ABDULLAH IBRAHIM SOLO SENSO
MJ JAZZ CENTRE 104 DARLING STREET Cpt

(그림 안) 압둘라 이브라힘 라이브 콘서트, M7 재즈 센터, 달링 가 104번지 케이프타운

케이프타운으로 출발하면서 내가 꿨던 꿈은 아돌프 요하네스 브랜드의 피아노 솔로 콘서트에 가보는 거였다. 그는 오랫동안 달러 브랜드 — 대중적인 담배 상표 — 라는 이름으로 활동하다가 1968년, 이슬람으로 개종하면서 압둘라 이브라힘이 된다.

나는 비행기 안에서 레아에게, 그다음에는 바티스트에게 그 이야기를 한다. 바티스트는 그 음악가를 모르지만 어쨌든 그로부터 이틀 후 바로 그가 지역 신문에서 압둘라 이브라힘의 피아노 콘서트가 케이프타운에서 여섯 차례에 걸쳐 개최될 거라는 소식을 발견하게 되리라. 전화로든 인터넷으로든, 그 클럽에 자리를 예약하는 것이 불가능하다.

응답하는 사람이 아무도 없기 때문이다.

우리는 일요일 저녁에 곧장 현장으로 갈 작정을 한다.

테이블 마운틴 자락에서

희망봉 근처

텅 빈 도심에 바람이 쓸고 지나간다. 우리는 고속 도로 아래 숨듯 위치한
달링 가 끝에서 부서져 가는 클럽을 발견한다. 땅을 다져 만든 휑한 주차장
앞에 폐쇄된 커다란 건물이 한 채 서 있는데, 유리창이 전부 깨졌다. 일찍
도착했더니 사람 그림자도 없다. 쥐들이 건물 전면을 따라서 달아난다.
마침내 어떤 남자가 창구에 모습을 드러낸다.
「미안하지만 8시 이전에는 표를 팔지 않습니다. 나중에 오세요. 조금만
운이 따라 준다면 자리가 있을 겁니다.」
8시에 다시 주차장으로. 어떤 차 안에 남자 혼자 운전석에 앉아 전화
통화를 하고 있는 것이 눈에 띈다. 압둘라 이브라힘이다. 그는 우리에게
미소를 건네고 손짓을 한다. 레아가 그를 향해 다가간다. 그가 차창을 연다.
우리에게 자리를 줄 테고 콘서트가 끝난 뒤 대기실로 찾아오란다.
그가 약속한 것이다.

희망봉 정상에서

45분 동안 피아노 솔로, 그리고 20분 휴식, 다시 45분간 연주, 그리고
창문을 때리는 거센 바람. 아름다운 그랜드 피아노. 압둘라는 그걸로
자신이 원하는 것을 만들어 낸다. 깊숙이 파고드는 영감. 거기엔 쇼팽,
드뷔시, 라벨, 쇤베르크, 텔로니어스 멍크, 우리가 낭만적이기 짝이 없는
멜로디에 정신없이 빠져들어 사로잡히는 동안 해체되는 느릿느릿한 올드
재즈 그리고 탐탐, 페니 휘슬, 줄루족의 노래가 있다.
그는 바다 속 깊은 곳으로 빠져들 듯 저음역대로 빠져들었다가 가볍게
수면으로 떠올라 익살맞게 태양의 흉내를 낸다. 그는 어떻게 하면 내게
소름을 안겨 주고 내게서 눈물을 뽑아낼 수 있는지를 알고 있다. 그는 그
혼자만의 심포니 오케스트라, 이야기꾼, 잠 깨워 주는 이, 꽃밭, 덤불숲,
바람에 나뭇잎 살랑대는 소리이다.

케이프타운의 식물원

그는 읊조리듯 노래를 웅얼대고, 삼키고, 뱉어 낸다. 중얼거림, 음표, 간구. 청중은 18명뿐이지만 그게 뭐 중요하랴. 그의 청중은 오로지 신, 그 신만을 위해 연주한다.

콘서트가 끝날 무렵, 우리는 대기실로 가서 이브라힘에게 감사를 표하고 몇 가지 찬사를 어설프게 늘어놓는다. 74세. 머리가 희끗희끗한 키 크고 잘생긴 혼혈. 검은색 옷을 입고 있다. 사는 곳은 독일이다. 희한하다.

젖빛 하늘에 걸린 달은 만월을 향해 가고 있다. 바티스트가 고속 도로 진입 램프를 착각했다. 우리는 거대한 두 개의 요구르트 병처럼 도심 한가운데에 버티고 있는 원자로 앞을 지나간다. 근 5천만 주민이 몰려 살고 있는 가장 거대한 타운십인 구글레투를 따라 헤맨다. 세계는 사라질지도 모르지만, 그 세계는 근 2시간 동안 압둘라 이브라힘에게 홀렸다.

사이먼즈 타운

역사가 전하는 바에 따르면, 부시맨들이 보어족에 맞서서
자신들의 영토를 지키는 데 최후의 힘을 쏟아붓던 때,
부시맨들은 그 유명한 월광 댄스를 추다가 그만
극도의 몰아지경에 도달하는 바람에 아무 저항도 없이
포위당한 채 자신들을 총알받이로 내줬다.

자크 모뒤Jacques Mauduit
『칼라하리, 부시맨들의 삶Kalahari, La vie des Bochimans』

슬픈 자화상, 케이프타운에서

처음부터 바티스트와 레아 사이에서는 고성이 오간다. 그건 표피적이다.
두 사람은 아무것도 아닌 일로 언짢아한다. 바티스트가 세무사라는
직업인으로서는 비정형적인 인물로 통한다 할지라도, 그는 여전히
비타협적이고, 까다롭고, 본인은 모르고 있지만 〈난 여자들을 좋아해. 난
늘 여자들과 일했어. 게다가 서른 명 이상의 여자들을 통솔했는데, 썩 잘
해냈지〉 식의 이야기를 하는 여성 혐오자이다.
또한 레아와 마찬가지로 쉽게 화르르 끓어오른다. 레아가 그의 권위주의에
분개하면, 그는 뿌루퉁해서 뭔가 다시 말다툼을 일으킬 말을 중얼거린다.

두 사람의 만남은 폭발성 혼합물을 빚어내는데, 청교도 교육이 빚은
무의식의 거울 속에 그 모습이 비친다. 어쨌든 고집 센 노새 두 마리. 난,
멍청이 같아서 가끔은 이쪽으로, 또 가끔은 저쪽으로 기운다. 바티스트는
이야기를 할 때 나만 보고 이야기하는데, 그러면 레아가 파르르한다. 그는
일부러 그러는 걸까?

그가 남발하는 여성 혐오성 유머 — 금발머리 여자들에 대한 농담들
— 는 레아의 성질을 더더욱 건드린다. 내 배우자의 외교술과 타협의
살벌한 부재를 관찰하는 것보다 더 놀라운 건 없다. 그가 도발할수록
그녀는 응수한다. 레아는 바티스트 안에서 군림하는 평범한 수컷만을 보기
때문에 그의 장점들을 누리지도 못하고, 〈성마른〉 세무사로서의 그가 겪은
일화들도 즐기지 못한다. 그는 국가 공무원들, 은행 직원들, 보험업자들,
이 보잘것없고 등처 먹기 일쑤인 기생충 같은 인간들의 세계, 그가 기꺼이
〈게슈타포〉 취급을 하는 그 작은 세계를 증오한다.

바티스트는 스위스, 프랑스, 이탈리아, 아프리카 등 여기저기서 일을 했다.
그는 흔히들 말하듯이 자기 분야에 빠삭한 인물이다. 그는 활기차고
영리한, 평범한 집안 출신의 남자다.

그는 환하게 빛나거나 혹은 갑자기 어두운 모습을 보일 수도 있다. 그 경우
그는 입도 뻥긋 안 한다. 최근에 아내를 잃었다는 사실로도 전부 설명되지는
않는 듯하다. 나는 그에게서 자신에게도 타인에게도 스스로 뭐라 말할 수
없는 혼란이 있음을 느낀다. 그는 비밀을 곱씹고 또 곱씹는다.

그는 심리 치료실에 15분 정도 미리 도착하는 환자처럼, 늘 미리 해둬야
한다. 그가 예측한 그대로 전개되지 않는 것은 신경에 거슬린다. 혹은 그를
어쩔 줄 모르게 만든다.

영국 해군 박물관 앞에서

우리는 바리케이드를 쌓은 바티스트의 빌라와, 그의 메르세데스와, 그의 골프와, 그의 하인들과, 그의 음울하고 불안정한 기분과, 그의 여성 혐오성 농담과 그리고 물론 그의 환대와 그의 도발적 말장난들과도 작별을 나눈다. 개인적으로 난 그가 아주 좋다. 그 어떤 부르주아에도 벼락부자에도 휘둘리지 않는, 야성적이고 분노할 줄 알고 되갚을 줄 아는 세무사이자, 스스로에게 반항적이라는 것을 잊고 있는 반항아이다.

백인들의 권유에도 불구하고 우리는 버스를 타고, 펄스 베이False Bay ── 인도에 갔다가 돌아오는 선박들이 케이프 반도 저편에 위치한 케이프타운 앞 타펠 베이에 정박했다고 생각했기 때문에 이런 이름이 붙었다 ── 로 가는 기차로 갈아탄다.

우리는 전철 3등칸 — 흑인과 혼혈 남녀노소에게 배당된 칸 — 을 탄다.
우리에게 충고를 해준 백인들이 장담하던 것과는 달리, 일등칸은 텅 비어
있고, 위험한 냄새를 풍긴다. 경비원들과 경찰들이 모든, 거의 모든 역을
감시하며 이 칸에서 저 칸으로 오고 간다. 안전 강박증이 도처에 존재한다.
카메라, 철조망, 총기, 경비견들. 이 나라는 습격, 절도, 살인 그리고 특히
강간 — 종종 세 살짜리 아이들까지 상대로 — 분야에서 기록 보유
나라임을 인정하지 않을 수 없다. 범죄자들은 대부분 타운십에 거주하는
혼혈 청소년들이다. 그들은 작은 무리를 이뤄 움직인다. 단 한 가정도
범죄로부터 혹은 사상자를 내는 자동차 사고로부터 벗어나 있지 않다.
상어, 방울뱀 그리고 다른 야생 동물들이 나머지 사건 사고란을 채운다.

사이먼즈 타운의 브리티시 호텔에서 보이는 해군 기지

칼크 베이의 하버 플레이스에서

우리는 열차 종착역인 사이먼즈 타운에 도착한다. 역은 1890년에 개통되었다. 그 당시의 정경을 담은 누렇게 변한 사진들 앞에서 눈물을 글썽일지도 모르겠다. 사진은 그 어떤 장애물 앞에서도, 그러니까 적대적 자연이나 반항적인 호텐토트족, 줄루족, 코사족, 츠와나족 그리고 동양과 서아프리카에서 들여온 다른 노예들 앞에서 절대로 물러서지 않는 담대하고 용감한 식민자들을 보여 주고 있다.

북쪽에서 온 반투족의 대규모 공격을 받았고, 남쪽에서 온 보어인들에 의해 학살당한, 평화를 사랑하는 부시맨들에 대해 자크 모뒤는 1954년에 이런 글을 남긴다. ⟨남아프리카라는 이 거대한 덫에 걸려 흑인과 백인 사이에 낀 가여운 부시맨은 몰락한다. 이제 그들은 자신들의 사냥터를 빼앗겼다. 그걸로 끝이다.⟩

사이먼즈 타운의 중심가는 계속 차량들이 오가는 것을 제외한다면 한물간 빅토리아 여왕 시대의 매력을 간직하고 있다. 그 도시는 네덜란드 동인도 회사의 옛 기항지였는데, 프랑스 위그노들의 침범을 두려워한 영국인들이 1795년부터 갑작스럽게 몰려들기 시작하면서 영국 해군의 해군 기지가 되었다. 그 뒤로, 바다표범들이 언제 공격할지 모르니 대비해야 한다며 정박지에 주둔한 전함들이 남아프리카의 깃발을 펄럭이고 있다.

사이먼즈 타운의 브리티시 호텔에서 보이는 해군 기지

LA SALLE DE BAINS DU BRITISH HOTEL
SIMONS' TOWN

(그림 안) 사이먼즈 타운, 브리티시 호텔의 욕실

가격 협상을 하고 — 비수기여서 — 우리는 그 도시에서 가장 낡은
건물인 브리티시 호텔의 거대한 객실에 묵는다. 발코니, 살롱, 마루, 침구,
욕조, 수도꼭지 모두 구식이다. 이전 시대의 호사를 처음으로 누려 봤다.

하지만 이곳의 백미, 그건 예전부터 이곳에 정착했으며 이 세상에서
유일무이한 아프리카 펭귄들의 군락이다. 등은 검고 배는 흰 그 동물들은
사람을 전혀 귀찮게 하지 않으며, 재캐스라는 이름을 갖고 있다. 그
펭귄들은 우리와 얼마나 모습이 닮았는가! 그리고 우리는 정말이지 얼마나
그들과 닮은 구석이 없는가!

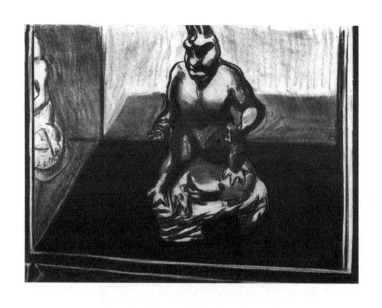

우리는 〈문화유산 박물관〉이란 이름의 소박한 박물관을 방문한다. 아내의
도움을 받아 박물관을 운영 중인 현재의 관장은 박물관 설립자이기도 하다.
인도네시아, 인도, 스리랑카, 마다가스카르 출신의 초기 무슬림들은 17세기
말에 자유 노동자, 벽돌공, 석공 자격으로 왔다가 노예로 전락해 루욜라의
옛 타운십 — 지금은 불도저가 밀어 버린 — 에 〈니그로〉들과 함께 집단
수용되는데, 이들의 도착에 얽힌 그의 이야기 샘은 마를 줄을 모른다. 그
거주지에서 남은 것은 이 작은 박물관의 네 벽뿐이다. 중심가 저편에는
있는 듯 없는 듯 이슬람 사원이 서 있다.
이 잘생긴 노인네는 다정하고 현명하며 감성이 풍부하고 재미있고
속속들이 경건하며, 포교에는 알레르기 반응을 보인다.
여러 번, 그는 우리에게 극도로 조심할 것을 당부한다.

(그림 안) 나는 치욕을 꾸역꾸역 삼킨다

그가 옳다. 신문들은 전부 단조로운 톤으로, 사전에 계획된 혹은 즉흥적인
범죄 사건들 ─ 공원에서 살해된 은퇴한 백인 남성, 이곳에 정착한 지
30년이 넘는 프랑스 출신 여성 요리사가 부엌에서 칼에 찔린 사건, 세
자녀 앞에서 살해된 영국 남성, 라이벌 관계인 갱단들 사이에서 혹은 서로
화합할 수 없는 종족 사이에서 벌어진 복수극 ─ 을 다룬다. 다음은 즈비
콜리츠Zvi Kolitz의 말이다. 〈신문을 펼치면 매일매일이 고통이다.〉
두려움과 강박증을 부추길 만한 요소들이 전부 거기 있음을 인정해야
한다. 호텔의 열쇠 꾸러미에는 패닉 버튼마저 달려 있다. 하지만 겉보기와는
다르게 그 누구도 이 지속적 대기 불안정에 익숙해지지 않는다. 만인이
만인을 불신하고 각자 자신의 진실이 진실이라고 주장하는데, 각자의
진실보다 더 나쁜 거짓말은 없다.

희망봉 등대에서 바라본 풍경

수다스럽고 약간 껄렁해 보이는 남아프리카 네덜란드계 백인 청년이 모는
덜덜거리는 택시를 잡아타고 희망봉으로 돌아옴. 이 지역에서 즐기는
놀이는 65도짜리 알코올 혼합물과 함께 동그란 마른 영양의 똥을 함께
입에 넣는 것이다. 그 영양의 똥을 가장 멀리 뱉는 사람이 이긴다.
이곳에는 250종을 넘어서는 새들이 둥지를 틀고 있다.
붉은 날개 찌르레기는 크기는 티티새만하고 윤기 흐르는 짙푸른색의
까마귀와 비슷한데, 날개 안쪽은 주황색이다. 레아가 빵을 조금 뜯어서
던지지만 새들은 원치 않는다. 문명화된 새들은 마요네즈에 묻힌
감자튀김만을 받아먹는다.
곶 정상에 서니 드문 광경이 펼쳐진다. 반대편에 위치한 두 대양에서 밀려온
파도들이 부딪히며 서로를 찢어발긴다. 하늘에서도 같은 현상. 구름들이
겹겹이 서로 스치며 지나간다. 오늘 수평선에는 파도를 헤치며 나아가는
배가 한 척도 보이지 않는다.

(그림 안) 한 쌍의 붉은 날개 찌르레기

COUPLE DE
REDWINGED
STARLINGS

유다스 이스카리오테

중세 말기 독일에서는 이스트 가르 로트ist gar rot(온통 붉은 자) ― 붉든 적갈색이든, 악마와 지옥의 색깔 ― 로부터 이스카리오테가 파생되었다는 설을 내놓게 될 것이다.

피에르엠마뉘엘 도자Pierre-Emmanuel Dauzat
『유다스, 복음에서부터 홀로코스트까지*Judas, de l'Évangile à l'Holocauste*』

여행을 마치고, 우리는 케이프타운 도심을 향해 출발한다. 우리를 싣고
가는 오후의 만원 열차 속 분위기는 긴장감을 풍긴다. 어떤 흑인 설교자가
중앙 통로를 오가며 울부짖듯 복음을 설파한다. 혼혈 젊은이들이 감탄하는
척 설교자를 지켜보며 우리를, 이 열차 칸에서 헤매는 유일한 백인인 우리를
끈질기게 곁눈질해 댄다. 1시간 뒤 마침내 기차가 케이프타운 역으로
들어서고, 우리는 약간 구부정하고 덩치가 큰 흑인 뒤에 숨는다. 그는
프랑스어를 말하는 콩고인이다. 그는 질다스라고 불리는데, 남아프리카
사람들은 그를 유다스 이스카리오테라고 부른다. 그는 그걸 즐긴다.
우리는 바로 그날 저녁에 그를 타이 레스토랑으로 초대한다. 비록 그가
〈쿠스쿠스〉라는 베트남 요리를 안다고 큰소리치지만, 그가 그런 특별
요리를 맛보는 것은 처음이다.

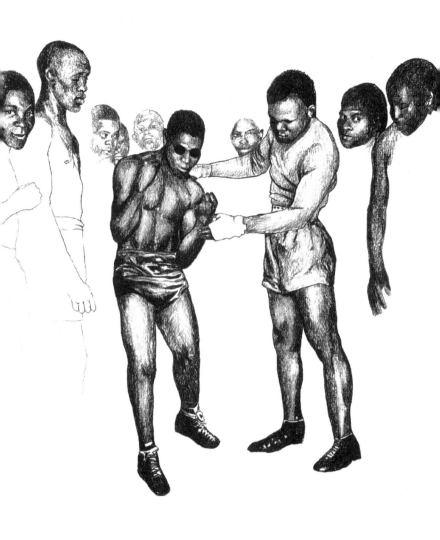

그가 틀렸든 맞았든 그런 건 중요하지 않은데, 그는 수다 떨기를 좋아하고
마법사, 마력, 보석에 얽힌 믿지 못할 이야기들을 기꺼이 들려준다. 그의
할머니는, 그가 말한 대로라면 자기 고향에서 아주 유명한 마법사였고 그는
위대한 신들을 들먹이며 자신의 이야기가 진짜라고 맹세한다.
「이봐, 자네 말을 막아서 미안한데, 진리란 건 전부 한낱 꿈일 뿐이라고.」
「그 말이 옳아. 어쩌면 우리 아프리카 사람들은 조금 지나치게 꿈을
꾸는지도 모르지.」
「어쨌든 자네는 〈쿠스쿠스가 베트남 요리〉라는 얘기를 내게 한 첫 번째
인물이라고. 먹으면서 꿈이라도 꾼 건가?」 「그건 진짜라고! 내 맹세하지.」
「맹세를 남발하지 말지 그러나, 유다스.」
그와 함께 있으면 우리는 롱 스트리트의 술집에 들어가도 안전하다는
느낌을 받는다. 그의 존재 자체가 상냥하고, 평화롭다. 가끔씩 그는 부유한
독일인이 운영하는 클럽에서 경비로 일한다.

술에 취하고 잔뜩 흥분한 남아프리카 공화국 사람들이 텍사스의
시골뜨기처럼 옷을 입고 컨트리 송을 목청이 터져라 부르고 또 불러 댄다.
거리에서는 기둥서방들이 메르세데스나 BMW를 느릿느릿 몰며 감시하고
있고, 그 가운데 온갖 인종의 창녀들이 호객 행위를 한다.
관광객들과 시골 사람들이 이 클럽에서 저 클럽을 순례하며 전 세계를
평정한 테크노 음악을 들으며 코가 비뚤어지게 마셔 댄다.
롱 스트리트와 교차되는 길모퉁이마다 크랙을 잔뜩 지닌 남자애들이
희생양을 물색하며 이쪽 보도에서 저쪽 보도를 향해 신호들을 보낸다.
경찰과 감시 카메라가 도처에 널려 있다. 그래도.

스텔렌보스의 와인 바에서

바 구석에 앉아 있는 남자 셋이 아까부터 내 쪽을 흘끔거린다고 여종업원이
미소를 띠며 알려 준다. 내가 화장실에 가려고 일어서니 그녀가 눈살을
찌푸리며 내 팔을 잡는다. 나는 복종한다. 그녀가 유다스보다는
롱 스트리트를 더 잘 알고 있다. 그녀는 콩고 여인이다.

다음 날, 백인들이 타기를 꺼린다는 그 유명한 버스를 탄 레아가 적대적인
혼혈들과 흑인들 앞에서 어떤 〈컬러드〉 여인에게 필요한 정보를 구한다.
그러다가 두 여자는 휴대폰 번호 교환까지 한다.

나중에 우리는 그녀와 함께 케이프타운 중심가에서 저녁 식사를 한다.
그녀는 이름이 조르지나라고 한다. 테라스의 테이블에 앉는 것도, 백인들과
함께 식사를 하는 것도 처음이고 자신이 사는 거리의 피자리아에 들어가
본 것도 처음이란다. 그녀는 피자 남은 것을 싸 가게 〈도기 백doggy bag〉을
달라고 한다. 우리를 만나러 나오기를 거부한 자신의 남편에게 갖다 주려는
것이다. 그녀의 남편은 콩고 출신 화가이다.

자정쯤 우리는 그녀가 살고 있는, 바퀴벌레들이 마구 돌아다니는 습기 찬 작은 아파트로 그녀를 데려다 준다. 그녀의 남편이 침대 위에 앉아 있다. 그는 인사하지 않는다.

그 집에서 나오면서 나는 남편이 곧 그녀의 따귀를 때리고 주먹질을 할 거란 생각을 한다. 밤이고 낮이고 그는 그녀를 집에 가둬 두고, 자신은 시장에 나가서 관광객을 상대로 그림을 팔아먹는다. 저녁이면 콩고인 클럽에 가서 친구들과 함께 거대한 화면으로 축구 경기 재방송을 보면서 술을 마신다. 우리가 조르지나를 만났던 날은 우연히도 그녀가 집에서 멀리 떨어진 곳에서 일자리를 구하고 있었고, 그 때문에 우리와 같은 버스를 탔던 것이다. 행복과 불행은 손을 잡고 함께 온다.

롱 스트리트에 있는 밥의 가게

넬슨 만델라가 수감되었던 로벤 아일랜드의 감방

만델라의 뒤를 이어 아프리카 민족회의를 이끄는 제이콥 주마

(그림 안) 재키 셀레비, 티모시 윌리엄스

두 다리를 잃은 남아공의 육상 선수 오스카 피스토리우스가 의족을 끼고 있다 (2007, 런던)

사이먼즈 타운의 인디언 부부

에필로그

영혼,
난 그녀를 내 심장 한가운데에서 분명하게 느낀다.
그녀는 달걀처럼 타원형이며
내가 한숨 쉬면 그녀는 한숨 들이켠다.

마리나 츠베타예바Marina Tsvetaeva
『일지, 1916-1918*Les Carnets, 1916-1918*』

사이먼즈 타운 박물관에 전시된 영국군 장교의 제복

밤은 무정하다. 그녀는 공기로 배를 가득 채우고 요란하게 내쉰다. 그러면 그녀의 아이들, 우리처럼 그 침묵을 견디지 못하는 이들은 그녀의 따뜻한 몸뚱어리에 몸을 바싹 갖다 댄다. 그때가 사람들이 아무 이야기나 하는 시간, 각자의 자잘한 불행, 속내 이야기, 신랄한 언사, 나아가 우정이나 애정이 가득한 다정한 말들을 털어놓는 시간이다. 우리, 레아와 내가 내리누르는 짐승의 품에, 별들이 촘촘히 박힌 어둠의 품에 매달려 서로를 사랑했던 건 바로 그런 때이다. 그러고 나면 우리는 이야기를 하며 여러 밤을 흘려보냈고, 그 밤들은 우리를 쓰다듬어 줬다.

그 당시 술집에 처박혀 있던 우리는 담배 연기에 눈이 따가웠고, 넌, 열기와 취기에 젖어 춤을 췄고, 술집 카운터에 눌러 앉아 있던 난, 우연히 만난 취객의 평범한 비극을, 비틀거리는 젊은 여자의 노골적인 수작을 들어줄 정도로 늘 컨디션이 좋았다.

(그림 안)
닥터 피시, 독토어 피셔, 미스터 칩스,
당신에게 나의 삶, 나의 삶들, 우리의 삶들에 대해 얘기해도 될까요?
지나간 삶들, 다가올 삶들, 후회와 회한. 제발, 미스터 피시
기브 미 썸 피시 & 트립스

사이먼즈 타운의 어선

케이프타운의 식물원

새벽에 눈을 떠보니 낯선 이와 살갗을 맞대고 있고 전날 나눈 말의
성찬들은 전혀 기억나지 않는 고약한 새벽을 그 누군들 겪어 보지
않았겠는가?
레아, 내가 어떻게 너의 침대에 들어갔을까? 아니, 너는 어떻게 나의 침대에
들어왔을까? 어떻게 우리는 서로에게 홀딱 반해 서로 껴안고 뒹굴었을까?
거울 속에서 마주친 우리의 얼떨떨한 시선과, 양탄자 위에 벗어던진 우리의
옷가지들이 아직도 눈에 선하다.

아, 레아, 우리는 나무들의 격려를 들으며 언덕들의 미소를 받으며, 텅 빈 길 위에 드리워진 우리의 그림자를 쫓아 태양을 향해 출발했다. 우리는 함께 많은 것을 겪었기에 커플이 되지 않을 수 없었다. 우리, 몸을 웅크리고, 아무것도 아닌 걸로 짖어 대며, 저녁 바람에 움찔거리는 코를 곧추 세우고, 주둥이는 축축하게 젖고 네 발은 길가 진흙으로 뒤범벅된 암수 개 두 마리. 이제 우리가 등에 진 그 모든 삶이 우리 앞에 솟아난다. 마치 과거가 미래로 탈바꿈하듯이. 우리는 절벽 위에 있고 그 아래에 너와 내가 있다. 우리만의 허공으로 몸을 던지는 것은 그 얼마나 행복한가.

TROIS CHAMANES
HALLUCINATOIRES,
DRAKENSBURG NATAL

(그림 안) 드라켄즈버그 크와줄루 나탈의 환각에 빠진 세 명의 무당

옮긴이 정혜용

불어불문학과와 동 대학원을 졸업하고 파리 3대학 통번역 대학원(E.S.I.T)에서 번역학
박사 학위를 받았다. 지은 책으로 『번역 논쟁』이 있고, 옮긴 책으로 『파란색은 따뜻하다』,
『한 여자』, 『집착』, 『프랑수아의 시계』, 『수화가 꽃피는 마을』, 『7일간의 철학 여행』, 『단추전쟁』,
『도시의 레오, 시골의 레오』 등이 있다.

짝 이룬 남녀는 서로 사랑한다.
당연하다. 짝 이룬 남녀는 서로
미워하게 된다. 그럴 법하다.
짝 이룬 남녀는 서로를 파괴할 수 있다.
이는 아주 드물고 우발적이다.
또 짝 이룬 남녀는 영원히 서로에게
토라질 수 있다. 개 한 마리나 심리 분석가가
이들의 고약한 성격을 누그러뜨려 준다 해도 말이다.

글 프레데릭 파작 **그림** 레아 룬트 **옮긴이** 정혜용 **발행인** 홍지웅 **발행처** 미메시스
주소 경기도 파주시 문발로 253 파주출판도시 **대표전화** (031)955-4400
팩스 (031)955-4405 **홈페이지** www.mimesisart.co.kr
Copyright (C) 미메시스, 2013, Printed in Korea. **ISBN** 979-11-5535-008-9 03860
발행일 2013년 12월 15일 초판 1쇄

이 도서의 국립중앙도서관 출판시도서목록(CIP)은 e-CIP 홈페이지(http://www.nl.go.kr)에서 이용하실 수
있습니다(CIP제어번호: CIP2013025383).